KB070607

" 그래도 계속 갈 수 있는 건

_____ 때문입니다. "

† 소중한 마음을 담아   .... 님께 드립니다.

그래도
계속 갈 수 있는 건
… 때문이다

그래도
계속 갈 수 있는 건
⋯ 때문이다

김정희 외 지음

조화로운삶

"당신이
그래도 계속 가야 한다고
느꼈던 순간은?"

사는 동안 우리는 수시로 인생의 난관 앞에 멈춰 서게 됩니다. 쉽게 극복할 수 있는 일들도 있지만, 때로는 그 난관이 거대한 바위처럼 버티고 서서 좀처럼 앞길이 보이지 않기도 합니다. 그때 여러분은 그대로 멈춰서 있겠습니까, 그래도 컴컴한 어둠 속으로 한 걸음 더 나아가 보겠습니까?

〈그래도 계속 가라〉의 늙은 매 할아버지는 '우리가 부탁하지도 않았지만 삶은 우리에게 왔고, 일단 주어진 이상 우리 모두 자신의 삶을 살아내야 한다'고 말했습니다. 또한 '슬픔과 고통은 강인함을 배울 수 있는 기회'이며, '절망이 우리의 목구멍을 움켜쥐고 있을 때가 바로 희망을 품을 시간'임을 일깨워주었습니다. 이처럼 선명한 지혜의 가르침은 지난 1년 반 동안 삶의 폭풍 앞에서 주저앉았던 수십만 독자들을 일으켜 세우고 희망을 향해 한 걸음 더 나아가게 만들었습니다.

이 책은 〈그래도 계속 가라〉의 출간 1주년을 맞이한 지난 3월 "당신이 그래도 계속 가야 한다고 느꼈던 순간은?"이라는 주제의 공모전을 통해 당선된 스물다섯 명의 이야기를 담고 있습니다. 그들에게 강인함을 가르쳐준 삶의 슬픔과 고통은 무엇이고, 그들이 생의 폭풍우 속에서도 그래도 계속 나아가야 한다고 힘을 낸 용기는 어디에서 나왔을까요?

역경에 맞닥뜨린 사람들은 유독 자신에게만 불행이 찾아온다고 여기며 스스로를 더 깊은 수렁 속에 빠트리지만, 주위를 둘러보면 어려움 없이 살아가는 사람은 단 한 명도 없습니다. 누구나 자신만의 슬픔과 고통 속에서 허우적대며 살아갑니다. 〈그래도 계속 갈 수 있는 건 … 때문이다〉 속 주인공들의 진솔한 삶의 이야기를 읽다보면 바로 그 사실을 알게 됩니다. 그리고 그렇게 부딪히고 헤매며 한 걸음 한 걸음 천천히 자신의 길을 찾아가는 것이 곧 삶임을 받아들이게 됩니다.

이 책 속에는 늙은 매와 같이 통찰력 있는 스승은 등장하지 않습니다. 하지만 바로 우리들 곁에서 온몸으로 역경을 이겨나가고 있는 이웃들의 삶이 있습니다. 저마다 자신만의 거센 삶의 폭풍우에 맞선 사람들이 풀어놓은 소박한 야기들은 그 자체로 우리들에게 따뜻한 동질감을 선물로 안겨줍니다. 이 스물다섯 명의 이야기를 통해 부디 여러분들도 역경에 맞설 수 있는 자신만의 …을 찾아내기 바랍니다.

2009년 10월

조화로운삶 편집부

차례

말할 수 없이 어려운 시기에 인생의 폭풍에 용감하게 맞설 수 있다는 것은
삶의 현실을 받아들였다는 뜻이란다. 왜냐하면, 나쁜 일이 일어나리라는 현실을
거부한다고 해서 그런 일이 일어나지 않도록 할 수 있는 건 결코 아니거든.
삶이란 살아내도록 되어 있는 거지, 피하도록 되어 있는 게 아니란다. ㅣ그래도 계속 가라 中

사막에 서다

숨이 찬다. 배낭을 짊어진 등이 벌써부터 땀으로 흠뻑 젖었다. 며칠 동안 제대로 씻지도 못해 옷에서는 퀴퀴한 냄새가 난다. 고개를 들어 위를 보니 태양의 기세가 한껏 절정에 다다랐다.

몽골리아의 고비 사막. 일행에서 따로 떨어져 나와 약 8킬로미터를 혼자 걸었다. 처음 걱정이 무색할 만큼 거기까지는 꽤 잘 왔다. 그러나 문제는 그때부터였다. 다시 돌아가는 것도, 앞으로 나아가는 것도 선택할 수 없을 만큼 몸은 녹초가 되었고 발은 물집투성이였다. 상상해보라. 모래 폭풍이 피부를 따갑게 때리는 사막 한가운데, 지친 몸뚱이 하나 빼고는 의지할 데 없이 오롯이 혼자다. 길을 잃은 것처럼 막막하고 두려운 적막의 기운이 가득하다. 상상이 가는가?

사막 횡단은 누구의 강요도 아닌 스스로 선택한 길이었다. 대학을 졸업하고 피부로 느낀 청년 실업의 공포 속에 나는 생뚱맞게도 사막 여행이라는 결정을 내렸다. 글을 쓰고 싶다는 꿈이 있었지만 불안정한 직업이라 반대하시는 부모님 때문에 괴로운 나날들을 보냈다. 미숙하고 겁이 많은 나 자신을 위한 결단이 필요했다. 그래서 사막을 택했다. 결핍과 무기력함 속에서도 확고한 결단을 요구하는 곳, 그곳에서라면 무언가 배울 수 있을 것 같았다.

원래는 일행과 함께 지프차를 타고 6박 7일간 투어 형식으로 가는 것이었지만, 평소 사막 도보 트래킹을 꿈꾸던 나는 '사구Sand dune'에서 울란바토르로 되돌아 나오는 길을 도보로 계획했다. 텐트와 침낭, 비상식량 조금 그리고 GPS와 망원경 등을 챙겨 출발했다. 만약 지정된 날까지 내가 도착하지 않는다면 수색을 통해 찾을 수 있는 거리였기에 적어도 사막에서 길을 잃어 죽을 일은 없었다.

세계 최대 모래사막의 장대함을 육안으로 확인하고 다시 울란바토르로 향하는 길. 일단 호기롭게 출발하긴 했으나 첫

날은 막막했다. 모래 바람의 건조함과 끝없이 펼쳐지는 적막과 고요의 길, 단조로운 시간들, 여정을 무사히 끝낼 수 있을까, 하는 불안과 공포까지 마치 친구 같았다.

그러나 모두가 스스로 선택한 각본이었다. 마치 롤러코스터에 앉아 소리를 지르는 사람들처럼 짜여진 모험의 짜릿함을 즐기면 그뿐이었다. 그럼에도 밀려드는 후회와 망설임은 어찌할 수 없었다. 그런 막연한 두려움에 휩싸일 때면 예전 어느 소설책에서 읽은 구절을 떠올리곤 했다.

'상륙 거점을 모래주머니로 막는 일에 열중하다보면 멀리서 오는 해일은 잊을 수 있다. 그렇지 않고 해일에만 열중한다면 미쳐버리고 말 거다.'

끝이 보이지 않는 고비 사막의 황량한 길 위에서 내가 할 수 있는 선택은 오로지 하나뿐이었다. 앞을 향해 한 발짝 한 발짝 내딛는 것. 앞으로 나아가는 발걸음을 보며 도착 지점을 잊는 것이었다. 만약 도착 지점까지 도달하는 것만을 생각하고 거기에 열중한다면 초조한 마음 때문에 외려 방해만 될 것이다.

나는 한 걸음 더 나아갔다. 마치 아무런 시련이나 문제없이 이 일을 잘 해낸 것처럼 보이고 싶었는지도 모른다. 이 정도의 인내는 발휘할 수 있다는 오기와 자존심 때문이었을 수도 있다. 이유야 어찌되었든 나는 내 안의 에너지를 전부 동원해야 했다.

다행히 얼마 지나지 않아 몽골의 전통 주택인 게르가 몇 채 모여 있는 마을에서 쉬어갈 수 있었다. 마침 염소와 양을 데리고 나가려던 게르 주인이 나를 보고는 반갑게 맞이했다. 주인의 인도로 집에 들어가니 한눈에 보기에도 미인인 여자가 얼른 수태차와 과자를 내왔다. 이곳에서는 손님을 매우 귀하게 여기며 환대를 한다. 더군다나 내가 금방이라도 쓰러질 것처럼 끙끙대며 앓고 있었기에 그들은 더 성심성의껏 나를 대접해주었다. 얼굴 한번 본 적 없는 낯선 이방인에게 그토록 호의를 베풀 수 있다니. 그들의 호의가 없었다면 나는 결코 사막 여행에 성공할 수 없었을 것이다.

다음 날, 비좁은 집 공간을 차지하며 식량을 축내는 것이 미안하기도 하고, 일행과 약속한 시간까지 도착해야 했기에 다시 출발했다. 그런데 그것이 화근이었다. 무리하게 몸을 혹사시킨 때문인지 엎친 데 덮친 격으로 고열에 시달려야 했다. 마음은 저만치 앞서가는데 몸은 금방이라도 고꾸라질 지경이었다. 이날은 걷는 노력과 고통이 전날에 비해 훨씬 더했다.

하지만 물을 마시기 위해 잠깐 걸음을 멈출 뿐 다음 목표 지점까지 열 시간 이상을 줄곧 걸어야 하는 상황에서 몸이 아프다는 연약한 변명은 통하지 않았다.

결국 나는 서 있을 수조차 없을 정도로 완전히 지쳐 녹초가 되었다. 몸이 온전하지 못하니 두려움과 서러움은 몇 배로 커져 나를 괴롭혔다. 몸과 마음이 전부 탈진 상태였다. 괜한 위험을 자초한 것은 아닌지 스스로를 책망하기도 했다. 생각이 거기까지 미치자 지금껏 가까스로 막아놓은 부정적인 생각과 체념들이 한꺼번에 터져버렸다. 그것들이 순식간에 머릿속을 가득 채웠고, 내 발걸음을 꼭 붙잡았다. 이러한 종류의 불안과 우울함은 아무런 도움이 되지 않는다는 것을 알고 있었지만 이미 그러한 판단을 하기에도 힘에 부쳤다. 하늘은 무심하게도 여전히 파랗다.

문득 집을 나서던 때가 생각났다. 힘들지 않겠냐며 내가 떠나는 순간까지 걱정하던 부모님. 그런 부모님을 뒤로하고 의기양양하게 대문을 나서던 나의 모습. 모든 것이 내 선택이었다. 내 자신의 인내를 시험하기 위해 이 선택을 했고, 비록 힘들고 어려운 길이지만 끝이 정해진 길이었다. 나는 무엇을 두려워하고 있는 것일까? 이 고통스러운 길만 지난다면 지프차를 타고 수월하게 이동한 다른 여행자들보다 더 큰 희열을 맛볼 수도 있을 것이고 집에 돌아가면 푹신한 침대에 편하게 잠들 수도 있을 것이다. 그렇다면 그냥 이대로 걸으면 될 것 아닌가?

다시 일어섰다. 두려움을 떨치고 걷기 시작했다. 한 발 한 발, 내딛는 발걸음에만 집중했다. 녹초가 된 몸을 다시 일으켜 한 걸음 더 내딛을 수 있었던 것은 언젠가 이 길의 끝에 닿을 수 있다는 믿음 때문이었다. 만약 중도에 포기한다면 나는 계속해서 미련을 갖게 될 것이고 이를 만회하기 위해 처음부터 다시 시작해야 할지도 모른다.

그때였다. 망원경을 들어 사방을 둘러보는데 저 멀리 약 서른 개의 크고 작은 게르가 나란히 있는 게 보였다.

'캠프다!'

결국 나는 약속한 시간이 조금 지나서야 도착했다. 함께 간 언니들에게 한바탕 혼이 나긴 했지만 무사히 잘 해낸 것이다. 좀 늦긴 해도 끝까지 걸어왔다는 안도감, 성취감, 자부심 같은 것들이 가슴 뻐근하게 느껴졌다. 만약 사흘 전 지프차에서 내리는 것이 두려워 머뭇거렸다면, 혹은 게르에서 머물며 일행이 나를 찾아오기를 기다렸다면 결코 맛보지 못했을 희열이었다. 그리고 나는 깨달았다. 보폭이 좁고 더딘 한 걸음일지라도 내딛었다는 용기가 중요하다는 것을. 마지막 한 걸음을 내딛는 순간 긴 휴식과 성취감과 그리고 앞으로 더 나아갈 자신감을 얻었다.

혼자서 걷는 이틀간의 시간은 끔찍하고 혹독했다. 그러나 무사히 일행과 합류하여 집으로 돌아오는 길에 생각해보니 그것은 철저히 안전이 보장된 탐험이었다. 마치 안전장치가 잘 부착된 롤러코스터처럼 말이다. 우리 인생도 이 롤러코스터와 다르지 않은 듯싶다. 열차가 출발해 수직 상승을 하기 시작하면 두려움과 망설임이 모험을 방해한다. 그러나 일단 믿음을 가지고 짜릿함을 즐기고자 한다면 더 이상 아무것도 문제가 되지 않은 듯싶다. 실체가 없는 불안과 두려움은 오로지 머릿속에서 창조된 것이다.

사막을 다녀온 뒤 나는 불안하고 막연한 나의 미래에 대해 희망을 가질 수 있었다. 사람들은 누구나 완벽한 균형과 안정을 기대하지만 삶은 오히려 불확실하고 모호하다. 오랜 시간 꿈꾸어왔던 글쓰기. 글을 쓰고 있는 지금이 행복하다. 달마다 들어오는 월급이 없어도 좋다. 나는 모험을 하고 싶다.

이 순간, 길 위에 서성이는 사람들 그리고 절망에 빠져 있는 사람들에게 말해주고 싶다. 우리 몸 어딘가에는 비상으로 마련된 희망이 아직 남아 있을지 모른다. 포기하고 싶다는 마음 한편에 다시 한 번 맞서 싸우고 싶다는 용기가 숨어 있을지 모른다. 부디 한 걸음, 단 한 걸음만 더 내딛어보길. 달라진 세상을 만날 수 있을 것이다.

__김정희(여 · 26세 · 대구광역시)

마흔 살의 포트폴리오

군용 트럭이 흙먼지를 내던지고 사라진 비포장 도로 변, 자신의 작업을 방해하고 줄달음친 군용 트럭의 뒤꽁무니에 꼬마는 발길질을 해댔다. 작정하고 그리기 시작한 정말 큰 로봇태권V를 거의 완성할 찰나에 천둥 같은 경적소리를 내며 달려와 혼비백산하게 만든 것도 모자라 그림의 반쪽을 완전히 뭉개버렸으니, 화가 단단히 날 만도 했다.

가까스로 화를 삭인 꼬마는 두 팔로 허공을 휘휘 저어 흙먼지를 날린 후, 손에 들린 나뭇가지로 뭉개진 로봇태권V의 반쪽을 찾아나갔다. 하지만 아쉽게도 등교 시간에 쫓겨 끝내 완성하지 못한 아쉬움을 안고 학교를 향해 달려야만 했다.

새로 산 공책을 펼치는 순간, 꼬마의 연필은 겁도 없이 선생님의 엄명과는 다른 것을 채워나가기 시작했다. 어쩌면 그것은 꼬마 자신의 의지가 아니었는지도 모른다. 분명 자신은 선생님이 칠판 가득 써 내려가는 글씨들을 옮겨적고 있다 생각했건만 어찌된 일인지 공책에는 글씨가 아닌 도로 위에 남겨두고 온 미완성의 로봇태권V가 다시 그려지고 있었다.

"와! 멋지구나. 하지만 난 칠판에 로봇태권V를 그리지 않았는걸."

꼬마는 그제서야 책상에 드리워진 그림자를 알아챘다. 등에서는 금세 식은땀이 줄줄 흐르고 머리 위로 쏟아질 불호령이 무서워 벌써부터 울상이 되어버렸다. 선생님은 공책을 집어 들더니 모든 친구들이 볼 수 있도록 펼쳐 드셨다. 친구들은 꼬마가 그린 로봇태권V를 수도 없이 봐왔음에도 이번에는 어떤 것을 그렸나 하는 궁금증에 고개를 길게 뺐다. 이제 뒤로 가서 손을 들고 벌을 설 순서였다.

"우리 반 만화가, 이리 나와서 칠판 닦고 다시 그려봐."

그런데 이게 웬일인가? 선생님이 내린 처방은 벌이 아닌 신나는 로봇태권V 그리기였다. 꼬마는 친구들의 기대에 찬 눈동자들을 등에 지고 교단에 선 까닭에 잠시 손이 떨렸다.

하지만 그것도 잠시 꼬마는 이내 공상의 세계로 빠져들었다.

"장래 희망은 로봇태권V를 만드는 사람입니다. 어른이 되면 꼭 로봇태권V를 만들어 공산당으로부터 우리나라를 지키겠습니다."

그림 그리기를 마친 꼬마 화가의 발표에 우레와 같은 박수 소리가 교실 가득 울려 퍼졌다. 흐뭇한 미소를 짓고 있는 선생님의 환한 얼굴은 면죄부가 내려졌음을 알려주었다. 꼬마가 로봇태권V를 그리는 이유는 그저 멋진 그림을 그리기 위해서만이 아니었다. 로봇태권V를 잘 그려서 나중에 어른이 되면 실제로 로봇을 만들어볼 요량이었다. 그리고 무엇보다 우리나라를 제힘으로 통일시키고 싶었다.

꼬마는 소년이 되었다. 아무리 로봇태권V를 잘 그려도 그것을 만들 수 없음을, 공산당과의 싸움은 환상이 아닌 현실의 일임을 알아버렸다. 그럼 나는 장차 무엇을 해야 하나 혼란스러워질 무렵, 소년이 살던 오래된 집이 헐리고 그 자리에 멋진 양옥이 지어지기 시작했다. 그것은 거대함이었다. 그것은 아름다움이었다. 작은 TV 화면 속의 거대함은 머릿속에 머물며 상상력을 요구했지만, 자신의 키보다 몇 배는 높은 벽돌과 콘크리트의 거대함은 상상이 아닌 현실이었다. 회색빛 콘크

리트 덩어리가 그 어린 나이에 무엇이 그리 아름답게 느껴졌는지 그 이유를 지금에 와서도 이해할 수는 없다.

소년의 그림은 로봇에서 어느덧 집으로 바뀌어 있었다. 아기자기한 정원이 있고 분수가 있고, 그런가 하면 로봇태권V가 만들어지던 연구소가 있고, 때론 하늘을 찌르는 고층 빌딩이 있었다.

소년이 청년으로 성장해 선택한 것은 자연히 건축 설계였다. 소년의 손에 들려 있던 4B 연필 대신 청년의 손에는 이제 샤프가 들려 있었다. 그러나 자신이 시작하고 싶은 지점에서 출발해 끝내고 싶은 곳에서 멈출 수 있었던 선은 한 치의 오차도 없이 정해진 지점을 지나야 했다. 그림 같은 집을 짓기 위한 설계도는 행복한 그림이 아닌 한 치의 오차도 허용하지 않는 수치 놀음판이었다. 1센티미터, 1밀리미터의 오차가 엄청난 돈이요, 돌이킬 수 없는 실수가 되는 그림 아닌 그림을 그리는 것은 청년이 꿈꾸던 건축과는 거리가 너무 멀었다.

그래도 청년은 자신이 그 일을 사랑한다 생각했다. 연일 계속되는 야근과 밤샘, 일정에 쫓겨 휴일에까지 출근해야 하는 현실이 건축에 종사하는 이들이라면 누구나 겪는 일상이기에 마다하지 않았다. 하지만 그런 시간들이 계속되면서 청년의

손끝에서는 실현 불가능한 것으로 내몰려 사라졌던 로봇태권
V가 다시금 기지개를 펴기 시작했다.

마침내 청년은 사표를 냈다. 그제야 자신이 가야 할 길, 가
고 싶은 길이 명확해졌던 것이다. 디자인을 하겠다는 말에 모
두들 무모한 결정이라 했지만 더 행복한 삶을 살기 위한 결정
은 번복되지 않았다.

그날로 디자이너 구인 공고를 샅샅이 뒤져 이력서를 쓰고
또 써서 우체통에 넣었다. 어느 순간부터는 이력서를 몇 통
썼는지 기억조차 할 수 없었다. 몇 달이 지났지만 면접을 보
러 오라고 하는 곳은 단 한 군데도 없었다. 그도 그럴 것이
디자인하고는 아무런 상관도 없는 건축 전공자를 누가 믿고
데려가겠는가? 그 단순한 이치를 그때는 이해하지 못했다.
오히려 그림을 그릴 수 있는데, 열정이 있는데 무엇이 문제
인가 하는 원망 아닌 원망만이 가슴 가득 차올라 답답하고
화가 났다.

디자인 학원을 다녀서 디자인 관련 이력을 만들어야 했다.
그러기 위해서는 돈이 필요했고 다시 디자인과는 전혀 관계
없는 일을 시작했다. 전공 분야가 아니었던 까닭에 배워야 할
것도 많았고 적응하는 데도 꽤 시간이 걸려 1년이란 세월을

보냈다. 그사이 두 개의 캐릭터 공모전과 두 개의 패키지 디자인 공모전에서 입상을 했다. 전공도 아니고 현직 디자이너도 아닌 입상자는 청년이 유일한 듯했다. 자신감을 얻은 청년은 그제야 비로소 디자인 학원에 입학했다. 낮에 일하고 밤에 디자인 공부를 하느라 무척 힘들었지만 디자이너가 될 수 있다는 희망에 하루하루가 행복했다.

공모전에 입상하고, 디자인 학원도 수료했으니 이 정도면 디자이너로서 일하는 데 손색이 없으리라 자신감에 넘쳤다. 이번에는 이력서를 내고 무작정 기다리기만 하지 않고, 오라는 말이 없는데도 무작정 찾아가서 면접을 청했다. 내성적인 성격의 청년이었건만 그에게 디자이너란 직업은 그렇게 간절했다. 그렇게 동분서주하며 지낸 지 1년여 만에 마침내 연예인 초상권 사업체의 디자이너로 취직했다. 연예인들 브로마이드, 엽서 등을 디자인하는 일이었는데, 바닥부터 배우며 좌충우돌하는 초보 디자이너의 하루하루는 새로움의 연속이었다. 누가 시키지 않아도 자청해서 야근하며, 늦게 시작한 만큼 더 열심히 노력했다.

그러다 IMF가 들이닥쳤다. 많은 회사들이 문을 닫았고 청년이 몸담은 회사도 점점 어려워져 결국 같은 운명을 맞았다.

재취업은 불가능했다. 난다 긴다 하는 사람들도 길거리로 내몰리는 판에 청년이 가진 이력으로는 꿈도 꿀 수 없었다. 하지만 결혼을 목전에 둔 청년은 보따리 장사꾼처럼 포트폴리오를 들고 디자인 회사란 회사는 다 찾아다니면서 적은 비용을 받고 일을 해주었다. 그런데 낮은 비용에 일을 맡기려는 의뢰인들의 틈새시장 공략이 의외의 결과를 가져다주었다. 캐릭터 공모전에도 꾸준히 참가해 입상 경력을 늘려갔다.

하지만 가정에서는 안정적인 수입을 필요로 했고, 불규칙한 수입으로는 살림을 꾸려가기가 어려웠다. 뜨거운 열정만 좇아도 되었던 청년은 이제 책임이 무거운 장년이 되었고, 그는 가족을 위해 또다시 디자인과는 아무런 연관도 없는 일을 시작했다.

그래도 그의 가슴 속에는 언제나처럼 창작의 불꽃이 아우성을 쳐댔다. 그는 밤늦게까지 일하고 들어와서도 하루도 거르지 않고 캐릭터를 디자인하고 공모전에 응모하면서 가슴 속 응어리를 어루만져 주었다. 지성이면 감천이라 했던가? 공모전 참가 13년 만에 캐릭터 공모전에서 일등을 하면서 마침내 꿈을 이루었다.

꼬마는 이제 자신이 꼬마였던 시절과 똑같은 나이가 된 아이를 둔 중년이 되었다. 자신의 아이는 아빠의 어제를 아는지 모르는지 나중에 커서 캐릭터 디자이너가 되겠다고 목청을 높인다. 자기 아이와 같은 꿈을 가진 중년은 아이의 꿈을 돕기 위해, 아직 이루지 못한 자신의 꿈을 위해 오늘도 캐릭터 디자이너의 꿈을 향해 달린다.

__신철환(남 · 41세 · 남양주시)

아내여, 사랑합니다

아직 아침저녁으로는 제법 쌀쌀하지만 한낮엔 봄기운이 완연한 2004년의 2월 어느 날, 우리 세 식구는 늘 가는 서오릉의 식당으로 즐거운 외식 나들이를 갔다. 알뜰한 아내는 조금이라도 아껴야 한다며 겨우 두 달에 한 번 외식을 하면서도 언제나 그 식당에서 가장 싼 다슬기깨탕을 먹었다.

그날도 다슬기깨탕 한 그릇을 앞에 놓고는 세상에서 가장 맛있고 귀한 음식을 먹듯 행복해했다. 그런데 문득 아내를 보니 가슴께를 손으로 만지면서 자꾸만 인상을 쓰는 것이었다. 몇 번을 물어도 아무것도 아니라며 말을 않다가는 내가 만져보려고 들자 그제야 멍울이 만져진다고 이야기했다. 순간 목을 넘어가던 음식이 무거운 돌덩이가 되어 목에 콱 막혔다.

그리고 며칠 뒤, 한사코 안 가겠다는 아내 손목을 잡고 끌다시피 해 동네 병원에 갔다. 정말 아무것도 아니길 바라는 마음으로 확인 삼아 갔던 것인데, 이게 웬 말인가? 의사가 소견서를 들려주며 큰 병원으로 가보라고 했다. 다시 검사. 그리고 만난 소식은 아내가 유방암에 걸렸다는 것이었다. 이제 막 마흔 줄에 들어선 젊디젊은 아내가 암이라니!

"한아 아빠, 나 살고 싶어요. 당신이랑 한아랑 오래오래 같이 살고 싶어요."

진단 이야기를 들은 아내는 누가 보는 것도 생각지 않고 병원 바닥에 무릎을 꿇은 채 눈물을 흘리며 내게 매달렸다. 암 판정을 내리면서 주치의는 항암 치료와 수술, 방사선 치료를 하는 데 낮잡아 1년 정도 걸릴 거라고 설명했다. 한동안 일이 손에 잡히지 않았다. 마치 구름 위를 걸어다니는 것처럼 하루 종일 몽롱했다.

아내는 그해 3월부터 항암 치료에 들어갔다. 넋 나간 사람처럼 하루하루를 사는 나를 눈치 챈 아내는 나를 위로하기 위해 강해 보이려고 무척 애를 썼다. 하지만 힘들어하는 모습이 내 눈에는 다 보였다.

항암 치료를 위해 병원에 입원해 있던 어느 날, 아내는 잠깐 화장실에 가고 혼자 병실을 지키다 무심결에 병실 서랍 위에 있는 메모장을 열어보았다.

"내 나이 마흔하나. 여기서 주저앉으면 안 된다. 사랑하는 내 딸 한아, 오늘도 우리 가족 생각하며 열심히 일하는 남편, 나를 염려해주는 모든 사람들의 얼굴이 떠오른다. 희망을 갖자. 포기하지 말자. 나는 살고 싶다. 나는 살 수 있다. 절대 포기하지 말자."

항암 치료가 계속되자 머리카락이 빠지고, 얼굴은 발진으로 뒤덮이더니 손톱 발톱이 멍든 것처럼 파래졌다. 독한 약기운이 소화 장애를 일으켜 음식조차 제대로 먹지 못했다. 먹지도 못하는 데다, 항암제를 맞고 돌아온 날부터 2~3일은 수를 헤아릴 수 없을 정도로 토했다. 아내는 시간이 지날수록 걷다가 어디라도 꺾일 듯이 야위어갔다.

"오늘 우리 병실에 네 명이 항암제를 맞고 있었어. 두 명은 나보다 젊은데, 다 유방암 환자야. 내가 그 사람들 웃게 하려고 당신이 준 가발을 잠시 벗어두고 골룸 흉내를 냈거든. 그 있잖아. 영화 〈반지의 제왕〉에 나오는 골룸 말야. '정말 닮았다' 며 그 사람들이 얼마나 재밌어 하던지. 한번 볼래? 당신도 안 웃고는 못 배길걸."

아내는 웃고 있었으나 내 마음은 쓰라렸다. 자신의 아픔은 뒷전이고, 웃음을 잃어버린 나를 챙기는 아내를 보며 가슴으로 울었다.

6월로 접어들었다. 치료를 시작하고 처음으로 '반가운' 소식을 들었다. 주치의가 문제의 오른쪽 유방 암세포가 수술할 정도로 줄어들었으니 수술을 하자는 것이었다. 세 시간에 걸친 큰 수술이었다. 그런데 회사 일 때문에 나는 아내 곁을 지켜주지 못했다. 수술이 끝나고도 다섯 시간이 훌쩍 지나서야 찾아간 아내는 죽음의 문턱까지 갔다가 생을 향해 숨 가쁘게 달려온 양 얼굴이 새하야니 창백했다. 기다렸다는 듯 화장실 좀 가고 싶다는 아내를 부축해 가면서 힐끔 젖가슴을 넘겨다 보았다. 어깨에서 가슴팍까지 비스듬히 내려앉은 칼자국이 보였다. 얼마나 아팠을까? 문득 내 가슴에 칼이 꽂힌 듯 숨이 턱 막혔다. 퇴원 후 아내는 의사의 지시를 성실하게 따랐다. 두 달이 지나서부터는 집과 가까운 암센터에서 방사선 치료도 받으면서 몸속의 암세포들을 털어내려고 혼신의 힘을 다했다.

일본인 아내와 한국인인 나는 1992년 8월 부부의 연을 맺었다. 당시만 해도 국제결혼이 흔치 않은 일이어서 지인들에게까지 결혼 소식을 알리기가 어려웠기 때문에 가까운 친척 몇 분만 모시고 조촐한 결혼식을 올렸다. 많은 이들에게 환대도 못 받은 채 결혼하고, 화장실도 두 가구가 같이 써야 하는 셋방에 살면서도 우리 부부는 늘 행복했다. 사랑이라는 이름으로 잘 닦인 거울처럼 빛이 났다.

나는 직장에서, 아내는 집에서 일본어 번역 아르바이트를 하면서 알뜰하게 살림을 꾸려 나갔다. 명절 때면 고향 부모님께 인사하는 걸 잊지 않았고, 2~3년에 한 번꼴로 아내의 고향 일본 하코네 인근 '오다와라小田原'에 다녀오기도 했다. 또 몇 번의 유산을 겪으며 아픔도 많았지만, 결혼 7년 만에 얻은 사랑스런 딸 한아가 태어나면서 우리 가족의 사랑과 기쁨은 나날이 무게를 더해갔다. 그런데 우리 부부의 예쁜 사랑을, 우리 가족의 소박한 행복을 누가 시샘한 것일까? 아내가 덜컥 암에 걸린 것이다. 하지만 아내는 병상에서도 좋은 생각만 하며, 가족에 대한 사랑 그 힘을 의지해 병을 잘 이겨주었다.

2007년 5월 18일, 재발 여부를 확인하는 날이었다. 아침 일찍부터 하늘은 아침밥 굶은 시어머니 상이었다. 직장에 어렵사리 하루 휴가를 내 아내의 손을 꼭 잡고 병원에 갔다. 일

산 암센터 2층 대기실에 앉아 순서를 기다렸다. 잠시 후 아내의 이름이 뜨자 심장이 빨리 뛰기 시작했다. 주치의는 며칠 전에 찍은 CT 자료를 컴퓨터 화면으로 보여주며 너무도 무심하게 툭 내뱉었다.

"재발했습니다. 게다가 다른 곳으로 전이까지 됐습니다."

갑자기 심장이 '뚝' 멈췄다. 정말 한참 숨을 쉬지 않았던 듯싶다. 하라는 대로 다 하겠습니다, 하고 대답한 후 진료실을 나와 덜덜덜 떨리는 다리를 이끌고 가 수납을 하는데, 그제야 참았던 눈물이 왈칵 쏟아졌다.

2008년 8월 첫날, 아내의 상태가 너무 안 좋아 다시 국립암센터에 입원했다. 우리는 비용 때문에 다섯이 함께 쓰는 다인실로 들어갔다. 간호사는 보호자가 24시간 내내 환자 옆에 있어야 하며, 환자가 힘이 부쳐 화장실에 갈 수 없으니 병상에서 간이변기통으로 대소변을 받아야 한다고 누차 강조했다. 방사선을 받은 첫날밤부터 아내는 계속 설사를 했다. 평일에 한 번꼴로 도합 열 번 이상의 방사선 치료를 받아야 했는데, 치료 후부터 발열, 설사 등의 부작용이 생긴 것이다.

다음 날 우리 병실에 한 백인 여성이 입원했는데, 아내처럼 방사선 치료를 받고 설사를 계속했다. 곧 병실 가득 대변 냄새가 찼다. 하루 종일 창문을 열어놔도 냄새가 쉬 가시지 않았다. 공기탈취제를 사다 한 병을 다 뿌려도 별 효과가 없었다. 아픈 사람의 소변과 대변 냄새는 유독 심했다. 문득 지난 새벽 일이 생각나 미안한 마음으로 다른 분들을 쳐다보았다. 나머지 세 명의 환자와 보호자들은 고개를 들지 못하는 우리 부부의 마음을 이해한다는 표정이었다.

다행히 방사선 치료를 네댓 번 거듭하자 아내는 보행기에 의지해 대소변을 볼 수 있었다. 고맙게도 아픔을 이기는 약간의 여유도 되찾았다. 오랜만에 찾은 아내의 평화로움에 날개를 달아주고 싶어 병실을 벗어나 병원 뒤편 작은 공원으로 나갔다. 의자에 앉아 작은 정자가 만들어준 그늘에서 더위를 피하며 바로 앞 화단에 핀 원추리와 들국화 꽃향기에 잠시 젖어들었다. 내년에도 그 이듬해에도 우리 부부는 언제나 함께할 것이었다. 그리고 우리는 아무 말 없이 맞잡은 손에 서로 힘을 꾹 주었다. 그날로부터 보름 뒤, 아내는 휠체어에서 일어나 걷기 시작했다. 조심조심 내딛는 한 걸음 한 걸음마다 남편을, 사랑하는 딸을 향한 마음을 깊게 깊게 새기면서……

어느덧 열한 살이 된 한아는 공부도 잘하고, 친구들 사이에서도 제법 인기가 많다. 엄마가 아파 엄마는 물론이고 아빠도 곰살갑게 챙겨주지 못해 늘 미안한 마음인데, 그래도 참 밝고 바르게 자라준 우리 한아. 요즘은 거의 엄마와 같은 수준으로 일본어를 구사하면서 내가 잘못 발음할 때마다 무서운 선생님처럼 발음을 교정해준다.

아내는 최근 중증환자로 등록돼 정부로부터 치료비 지원을 많이 받고 있다. 또 오래전에 가입한 보험 덕도 좀 볼 수 있어 치료비 때문에 더 작은 집으로 이사 가지 않아도 될 듯싶다. 갈수록 태산이라고 주저앉고 싶었던 순간이 한두 번이 아니었지만, 돌아보면 순간순간 고맙고 고마운 일들이 더 많았던 듯싶다. 힘든 치료를 받으면서도 단 한 번도 '힘들다'는 말로 나를 아프게 하지 않은 아내, 잘 자라준 우리 딸 한아, 갈수록 늘어가는 정다운 지인들과 그들이 보내주는 응원들. 아직 가야 할 길이 많이 남았지만, 우리 앞의 신호등은 언제나 초록빛이다. 아내가 좋아하는 하이쿠俳句 한 편이 떠오른다.

"지난해 올해, 하나로 이어진 막대기 같은 것."
―타까하마 쿄시

__최홍길(남 · 44세 · 서울시)

삶에 용감하게 맞선다고 해서 성공이 보장되는 건 아니란다. 하지만
두려움에 굴복하고 삶을 외면한다면 확실하게 실패를 보장받는 셈이지.
삶이 어떠하든지 간에 용감하게 맞서야 하느니라. | 그래도 계속 가라 中

아버지와 자전거

회사 생활을 해오면서 늘 '올해만 하고 그만둬야지!' 하는 생각이 떠나질 않았다. 요즘 들어 그 생각에 더 힘이 실려 지난밤에는 생각 탑을 쌓느라 잠을 이루지 못했다. 더 미루지 말고 학창 시절 꿈꾸던 통역사 공부를 시작하고 싶었다. 하지만 언제나 그렇듯 생활에 발을 붙들리고 만다.

늦겨울 아침, 느지막이 밝아오는 창문을 바라보고 있다가 찌뿌드드한 몸을 일으켰다.

"여보, 신문 좀 부탁해!"

깰 듯 말 듯 뒤척이는 여섯 살 난 딸아이를 토닥토닥 다독거려 다시 재우고 우유를 가지러 나가려고 현관문을 여는데, 남편의 목소리가 발 빠르게 달려들었다. 문을 나서자 싸늘한 아침 공기가 훅 끼쳐왔다. 밤새 내린 비에 2월 이른 아침의 대기는 서늘하게 식어 있었다.

한 손에는 우유를 들고 남은 한 손으로 옷깃을 바투 여미며 대문을 열고 나서니 우편함에 우편물들이 수북했다. 안 봐도 뻔한 우편물들이라 신문만 가지고 들어갈까 하다 우편배달부 아주머니 잔소리가 생각나 마지못해 우편함을 열었다. 각종 전단지와, 카드며 통신기기 사용 명세서가 든 하얀 봉투들 사이로 빨간 봉투 하나가 눈에 띄었다. 왠지 모를 설렘으로 봉투를 빼어 드니 예쁜 우표 위에 검은 잉크로 우체국 소인이 찍혀 있었다.

"언제나 이 세상에서 가장 사랑하는 아빠가."

발신인을 보고는 엉뚱한 아빠 생각에 '쿡쿡' 웃음부터 나왔다.

"보고 싶다. 언제 한번 인천에 '꼭!' 놀러 오렴."

이게 편지 내용의 전부였다. 이 정도면 그냥 전화로 말씀하셔도 될 일을 굳이 편지로 쓰신 아빠. 가만 생각해보니 아빠는 내 어린 시절에도 가끔 이렇게 편지로 말씀하시곤 했다.

현관을 들어서려는데 그 옆에 놓인 까만 자전거가 발걸음

을 붙들었다. 지난겨울 매서운 칼바람 앞에서도 언제나 당당
해 보이던 까만 짐 자전거. 그 자전거가 오늘은 왠지 초라해
보였다. 결국 나는 낑낑거리며 자전거를 들어다 창고로 옮기
고는 걸레로 먼지를 닦아내기 시작했다. 아버지는 다 낡아서
탈 수도 없고 보기도 흉한 자전거를 왜 굳이 가져가느냐며 말
리셨지만, 혹시라도 처분해버리실까 봐 시집 올 때 고집을 피
워 가져온 아빠의 자전거였다. 세월에는 장사가 없다더니, 언
제나 크고 튼튼하게만 보이던 까만 짐 자전거는 어느새 서른
줄에 들어서 낡고 초라하게 변해 있었다.

"아빠, 내가 이다음에 어른이 되면 그때는 내가 아빠 태워
줄게요."

짐을 싣기 위해 붙여 놓은 널찍한 의자에 앉아 아빠 등허리
를 꼭 끌어안고 달리노라면 아빠 숨결이 그대로 전해져왔다.
아빠는 유독 막내인 나만 그 까만 짐 자전거에 태우기를 좋아
하셨다. 여섯 살 꼬맹이가 대학에 떨어지고 재수를 하던 시절
까지 아빠는 늘 나를 그렇게 뒤에 태우고 다니셨다.

자전거 뒷바퀴를 닦던 나는 흙받기 부분이 찌그러진 것을
발견하고는 쿡 웃음을 터뜨렸다.

학창 시절, 아빠는 버스비라도 아끼자며 그 까만 짐 자전거

에 나를 실어 학교 앞까지 데려다주곤 했다. 그걸 보고 아이들은 내게 손가락질하며 웃어댔다.

"그랜저도 아니고 그게 뭐냐? 창피하게! 차비가 없으면 차라리 그냥 걸어서 다녀!"

이런 얘기를 들은 날이면 집에 도착하자마자 방에도 들어가지 않고 자전거한테 먼저 가서 '툭툭' 뒷바퀴를 걷어찼다. 얼마나 많이 찼던지 푹 우그러진 데가 꽤 깊었다. 이제와 생각하면 참 철이 없었다 싶지만, 한때는 그렇게 자전거도 아빠도 부끄러웠던 시절이 있었다.

사실 아빠는 내가 초등학교 5학년 때 성격상의 이유로 엄마와 헤어지시고, 그 뒤로 두 언니까지 우리 세 자매를 혼자서 키우셨다. 남자 혼자 딸아이 셋을 키우는 일이 얼마나 힘든 일인지 나는 결혼하고 엄마가 되고 나서야 뼈저리게 실감했다.

'얼마나 힘드셨을까? 얼마나 외로우셨을까?'

갑자기 창고 안이 뿌옇게 변했다.

그 시절 결손 가정이라는 환경에서도 세 자매 가운데 누구 하나 비뚜로 가지 않고 바르게 자란 것은 모두 아빠의 올곧은 성품 덕분이었다. 인쇄소에서 새벽까지 일하고 들어오시던 아빠는 하루도 거르지 않고 봉투 한가득 간식거리와 반찬거리를 사 들고 오셨다. 엄마 없는 티 나면 안 된다며 친구들과 선생님들이 전혀 눈치 채지 못할 정도로 도시락 반찬이며 옷차림에 세세하게 신경 써주셨다.

하지만 그 시절 나는 모든 게 마음에 들지 않아 아빠가 말을 건넬 때마다 늘 퉁퉁거렸다. 그럴 때면 아빠는 아무 말도 없이 그저 초콜릿 한 봉지를 사 내 손에 쥐어주셨다.

"연숙아, 왜 그렇게 심술이 났어? 엄마가 보고 싶니? 엄마를 볼 수는 없지만 너한테는 이 아빠가 있잖니. 두 언니도 있고 말야. 절대 너 혼자라는 생각은 하지 마라. 네가 있는 이 하늘 아래에는 언제나 이 아빠가 너를 지켜보고 있다는 것을 명심해라!"

입 안에서 초콜릿이 달콤하게 녹아내리면 이유 없이 잔뜩 부어 있던 내 마음도 덩달아 잔잔해졌다. 아빠는 그렇게 말없이 사랑을 가르치셨다.

나는 지금도 자전거를 타지 못한다. 어린 시절에는 아빠가 미워 자전거도 싫었다. 하지만 지금은 그런 마음을 잊은 지 오래인데도 아직 자전거를 탈 줄 모른다. 얼마 전 친정에 갔다가 이런 이야기를 꺼냈더니 "자전거만 가지고 와! 아직 너

정도는 얼마든지 태우고 달릴 수 있어."라며 허허 웃으시던 아빠. 아무래도 아빠를 뵈러 가야 할 듯싶어 조용히 수화기를 들었다. 곤히 잠든 가족들의 잠을 깨우지 않게!

"아빠, 나 자전거 배울래!"

"응. 그래 언제 올래?"

"이 서방이랑 같이 모시러 갈게요."

까만 짐 자전거에 올라타 우왕좌왕하는 내 모습을 상상하니 슬그머니 웃음이 났다. 하지만 더 늦기 전에 이젠 자전거를 배워봐야겠다. 그리고 힘차게 자전거 페달을 밟듯 통역사의 꿈에도 날개를 달아주어야겠다.

__박연숙(여 · 39세 · 서울시)

괜찮다 다 괜찮다

초겨울로 접어든 11월 아침 날씨는 시원하다기보다는 약간 쌀쌀했다. 아마도 면접을 보러 가는 초조한 마음 때문인지 내게는 더없이 차갑게 느껴졌다. 서둘러 택시를 잡고 면접장으로 향하는 동안 옷매무새를 챙겼다. 전날 잠을 자지 못해 부은 얼굴이 자꾸만 신경이 쓰였다. 하지만 속상한 마음도 잠시. 그간 오늘 면접을 위해 들인 시간과 노력들이 주마등처럼 지나갔다. 정말 아쉽고 귀한 시간들이었다.

'그래. 마음 한가득 긍정적인 생각을 품고 면접에 임해야지. 열심히 했잖아. 겁먹지 말자. 두려워하지 말자. 무조건 최선을 다하자!'

그렇게 마음을 다잡은 덕분에 면접장으로 향하는 발걸음이 한결 가벼웠다.

국내 모 항공사 승무원 1차 면접 장소. 벌써 도착한 수많은 지원자들이 줄지어 앉아서는 미소 연습에 한창이었다. 앞쪽 한편에 자리를 잡고 앉아 살짝 고개를 돌려 뒤를 돌아보니 누구 하나 나보다 못한 사람이 없어 보였다. 조금 전 다짐은 간데 없이 가슴이 또 방망이질을 해댔다. '과연 내가 오늘 수많은 지원자들을 물리치고 통과할 수 있을까?' 나는 다시 한 번 마음을 다잡았다.

'나는 할 수 있다. 나는 할 수 있다. 나는 할 수 있다.'

할 수 있다는 생각을 수없이 되뇌며 면접장으로 들어갔다. 하지만 지난날의 불합격 기억이 자꾸만 발목을 붙잡았다. 지난번 불합격 통지서에서 본 문구가 머릿속을 가득 채웠다. 결국 면접관이 하는 질문을 제대로 듣지 못했고, 미소조차 지을 수 없을 정도로 얼굴에 경련이 일었다. 심지어 고개를 숙여 땅을 쳐다보기까지 했다. 양옆으로 선 나보다 키 큰 지원자들은 나를 더욱 위축시켰다. 모든 것이 어긋나니 진심을 전달하기는커녕 말까지 더듬거리다 면접을 마치고야 말았다. 그렇게 내가 지금 어떤 기회를 놓치고 있는지도 모르는 채 나는 마지막 인사를 하고 면접장을 빠져나왔다.

집으로 돌아오는 길, 착잡한 내 마음이야 그렇다 치더라도 아침을 든든히 먹고 나가야 뭐든지 잘할 수 있는 거라며 밥을 챙겨주던 엄마 모습이 떠올랐다. 문을 들어서는데 나보다 엄마 표정이 더 긴장돼 있었다. 그래도 엄마는 애써 밝은 표정을 지으며 잘 봤느냐고 물으셨다. 그런 엄마께 더 미안한 마음이 들어 "네" 하고 건성으로 대답하고는 발표가 날 때까지 면접에 대해 일언반구 아무말도 하지 않았다.

마침내 합격자 발표 날, 하필 그날은 학생 신분으로 보는 마지막 기말고사 기간이었다. 학교 시험도 중요했기에 시험을 마치고 발표 결과를 확인해볼 요량이었다. 하지만 신경은 온통 면접시험 결과에 쏠려 있었다. 습관처럼 그저 책을 펼쳤다 닫았다 하기를 수십 번.

"죄송합니다."

문구를 확인하는 순간 모든 긴장이 빠져나가는 듯했다. 오히려 아무렇지도 않았다. 홀가분한 건지 담담한 건지. 너무도 잠잠하게 결과를 받아들였다.

승무원을 꿈꾸기 시작한 건, 대학교 3학년 여름방학 때였다. 내가 정말로 원하는 일이 무엇일까를 몇 날 며칠 고민하고 내린 결론이었다. 그렇게 단 며칠 만에 미래를 결정하고는 '어떻게든 되겠지' 하고 무작정 시작해버렸다. 나쁜 의미에선 막무가내 정신, 좋은 의미에선 무한한 낙천주의가 발동한 것이다.

첫 지원. 다행히 1차 면접은 합격했다. 하지만 현실은 냉혹했다. 노력하지 않는 자에게 주어지는 건 아쉬운 결말뿐이었다. 당연한 결과라고 받아들이면서도 나도 모르게 울음이 나와 그 사람 많은 강남역 한복판에서 엉엉 소리내 울고 말았다. 아마도 막연한 서러움 때문이었던 듯싶다.

그런데 이번에는 1차 면접을 엉망으로 망치는 바람에 떨어지고 말았다. 사실 망친 면접이란 건 없다. 그것도 다 내 실력 아니겠는가. 나는 단지 지쳐 있었다. 내가 정말 좋아했던 마지막 대학생활도 뒤로 제쳐두고 1년을 참 무섭게 열심히 살았다. 쉬는 시간도 없이 그렇게 달렸는데 불합격 통지와 함께 내게 아무것도 남은 것이 없는 듯 느껴졌다. 내 안을 가득 채웠던 뜨거운 무언가가 한순간 썰물 빠지듯 빠져나가 버렸다. 그렇게 난 슬픔도 후회도 아닌 그저 지친 마음을 안고 현실로 돌아왔다.

그 후로 한동안 승무원에 관한 모든 매개체를 끊었다. 혹시

나 관련 카페에 들르고 싶어지면 컴퓨터를 쳐다보지도 않았다. 하지만 그것도 오래가지 못했다. 1년이라는 짧다면 짧고 길다면 긴 시간 동안 승무원이라는 꿈을 향한 열정으로 내 가슴은 뛰었다. 그리고 지금은 그 어떤 것도 대신할 수 없을 만큼 큰 존재가 되었다. 그 꿈을 어찌 잊겠는가? 잊는다는 생각만 해도 무서운 공허함이 밀려와 나를 무너뜨렸다.

그러던 어느 밤, 상처 입은 열정을 가슴에 품고 가슴앓이를 하다 엄마 품을 찾아들었다. 신기하게도 그 오랜 불면을 이기고 나는 엄마 품 안에서 스르르 잠이 들었다. 얼마나 지났을까? 문득 가만가만 내 등을 쓸어내리는 엄마의 손길이 느껴졌다. 따뜻했다. 편안했다. 더없이, 더없이 편안했다. 그 편안함을 타고 엄마 목소리가 마음으로 찾아들었다.

"괜찮다. 나라야, 괜찮다. 다 괜찮아."

"괜, 찮, 다."

엄마 목소리를 따라 나지막이 읊조렸다. 그제야 비로소 가슴 가득 차올랐던 슬픔이 와르르 쏟아져 내렸다. 엄마 품에 안겨 울고 울고 또 울었다. 눈물이 흐르고, 슬픔이, 후회가, 원망이, 자책했던 마음들이 눈물에 다 씻겨 내렸다. 다 씻어버리고 나니 처음에 품었던 열정이 언제 그랬냐는 듯 씩씩하게 다시 고개를 들었다.

같은 슬픔을 또다시 겪을 때는 조금 덜 슬프다면 얼마나 좋을까? 그래서 두 번째 슬픔 따윈 아무렇지 않은 척 넘어갈 수만 있다면 얼마나 좋을까? 하지만 슬픔은 마주할 때마다 가슴에 오히려 더 깊은 생채기를 냈다. 그러나 나는 이제 '괜찮다.' 내게는 변함없는 믿음으로 나를 응원하는 가족이 있고, 내 생애 희망의 빛은 갈수록 더 환하게 빛을 발하고 있다.

나는 아직도 당당한 승무원 지망생이다. 얼마 전 같이 승무원 시험을 준비하던 친구와 오랜만에 만났다. 지난 면접 이후 다른 길을 찾은 그 친구는 내게 조심스레 물었다.

"아직도 준비하고 있어?"

"응."

아무렇지 않게 대답하면서 오히려 전보다 조금 여유를 찾은 것 같아 좋다는 진심도 전했다.

"그래, 나라야. 잘하고 있어. 절대 포기하지 마."

내게 하는 말이었지만, 오히려 스스로에게 하는 듯한 친구의 말에 가슴 한구석이 아릿해왔다.

두 번의 시험, 그리고 두 번의 실패. 하지만 이제는 두 번이나 실패했다는 패배감보다는 두 번의 값진 경험을 쌓은 듯해 은근한 자신감이 생긴다. 첫 시험에서는 2차 시험을 어떻게 잘 헤쳐나가야 하는지 깨달았고, 두 번째 시험에서는 면접을 거뜬히 치러낼 수 있는 따끔한 교훈을 배우지 않았던가!

난 지금 내가 걸어가야 할 길을 잘 알고 있다. 다만 조금 천천히 가고 있을 뿐이다. 가다가 넘어질 때도 있겠지만 '괜찮다.' 나는, 그리고 나를 사랑하는 사람들은 안다. 나는 할 수 있다는 것을!

__이나라(여 · 25세 · 서울시)

나는 킹콩이다

며칠 전, 회사에서 아주 '사단'이 났습니다. 외근 나갔다가 본사 복귀가 늦었다는 이유로 지사장님께 심한 꾸중을 들었지요.

"일을 하자는 거야, 말자는 거야? 자신 없으면 짐 싸서 나가든지. 이거 원, 다달이 월급은 꼬박꼬박 받아가면서 제대로 하는 일이 없으니……."

말투가 점점 험악해지더니 갈수록 안 들었으면 좋을 말이 술술 쏟아져 나왔습니다. 그렇게 한 십여 분 정도 흘렀는데, 그 시간이 제게는 한 10년은 되는 듯 길기만 했습니다. 그래도 힘없는 샐러리맨이 어쩌겠습니까. 내내 죽은 듯이 고개만

조아리고 있다 자리로 돌아올밖에요.

과장님이 따끈한 커피 한 잔을 건넸습니다. 스물한 살 경리 아가씨는 측은한 눈빛으로 저를 바라보더군요. 순간 서글픈 웃음이 새어 나왔습니다. 시선 둘 곳을 찾다가 저도 모르게 파티션 너머 창밖으로 눈길을 돌렸습니다.

뭉실뭉실 피어오르는 구름은 마치 동화책 한 장면처럼 평화롭기만 한데, 제 삶은 역사 책 속의 전쟁 장면처럼 치열하기만 하다는 생각이 들었습니다. 그렇게 한참 구름을 응시하다 나지막이 읊조렸습니다.

"잘하고 싶은데 왜 이렇게 안 될까? 아……."

저는 사랑하는 아내와 태어난 지 열 달 된 딸을 둔 서른일곱 살 '대한민국 보통 가장'입니다. 제 또래 가장들이 그러하듯이 저도 한 달에 한 번 주는 월급을 모이처럼 기다리고 또 받아먹는 '샐러리맨'의 길을 걷고 있죠.

참 편치 않은 가시밭길입니다. 오탁과 피로, 그리고 때로는 자존심을 무참히 뭉개버리는 그 길 생각만 하면 머릿속이 지끈거리고 아득해옵니다. 하루하루 집을 나설 때마다 그날 펼쳐질 일을 생각하면 다리에 벌써부터 힘이 풀립니다. 고단하고 고단한 하루가 끝나면 다리며 발바닥에 상처가 나고 피가 흘러도 밥벌이를 위해 내일도 또 오늘처럼, 아니 오늘보다 더 열심히 꿋꿋하게 걸어나아가야 합니다. 혹 여우 같은 아내와 토끼 같은 아이가 눈치라도 챌세라 집에서는 아무런 내색조차 할 수 없습니다. 아니지요. 내색은커녕 집에서도 멋지고 잘나가는 남편인 척, 능력 있는 아빠인 척 행복한 연기를 해야 합니다. 아내와 딸을 위해 무너지지 않고 견뎌내야 합니다. 어디 견디다 뿐입니까? 오히려 한술 더 떠 있는 허풍, 없는 허풍 다 동원해 큰소리 떵떵 치면서 위풍당당하게 하루를 살아냈노라고 최선을 다해 자랑합니다.

"아, 지사장님은 나만 좋아해서 동료들 보기가 민망하다니까."

"우리 회사는 나 없으면 하나도 안 돌아간다니까."

그날, 그렇게 호된 야단을 맞고도 연장업무까지 이어지는 근무를 모두 마쳤습니다. 다른 날보다 더 무겁기만 한 어깨를 축 늘어뜨린 채 터벅터벅 집으로 돌아오니 어느덧 11시. 아이 재우고 혼자 기다렸을 아내는 문을 열어주며 평소와 같은 얼굴에 평소와 같은 인사를 무심히 건넸습니다.

"잘 다녀왔어요."

씻고 나와서 차 한 잔 마시고, 그러고는 '사랑해요'라는 그

흔한 인사말 하나 없이 우리는 적막하게 잠이 들었습니다.

그런데 얼마나 잤을까요. 아마도 한참 깊게 잠이 들었던 듯 싶습니다. 자꾸만 발바닥이 간질간질해서 뜨기 힘든 눈을 간신히 올려 뜨고 발치를 보니 아내가 제 발을 만지고 있었습니다. 영업직이다 보니 하루 종일 밖에서 뛰어다니느라 군데군데 군살이 배겨 제가 보기에도 좀 민망할 만큼 흉한 발을 아내는 참 꼼꼼하게도 주물렀습니다.

"여보……, 당신 정말 고생 많이 하나 보다."

말없이 바라보고만 있었는데, 어느새 제가 깬 걸 눈치 챘는지 아내가 말을 건넸습니다.

"나중에 다 잘 살려고 그러는 건데 뭐. 요새 그 정도 안 하고 먹고 사는 사람 없어."

고개 숙인 아내 모습에 속에서 불쑥 화가 나 저는 괜히 되통스럽게 대꾸했습니다. 그대로 두었다가는 아내의 두 눈에서 금방이라도 눈물이 떨어질 것 같아서였습니다.

얼마나 주물렀는지 굳은살이 말끔히 사라진 듯 발바닥이 보들보들한 느낌이었습니다. 따뜻한 물수건으로 발뒤꿈치부터 발가락 하나하나까지 모두 닦고 나니 세상에 그토록 편안할 수가 없었습니다.

'내 생에 전신이 이리 상쾌한 적이 있었나?' 하고 속생각을 하였습니다.

아내가 어루만져 준 것은 삶의 파고에 굳은살이 박인 제 발뿐만이 아니었습니다. 지친 제 마음까지 아내에게 위로를 받았습니다. 아내의 사랑에 마음까지 편안하고 포근해졌습니다.

아내와 다시 나란히 누웠습니다. 역시 '사랑한다' 는 말 한마디 건네지 못했지만 이번에는 아내의 손을 꼭 잡았습니다. 아내의 숨결에서 깊은 잠이 느껴져 왔습니다.

더없이 행복한 잠으로 가는 길목에서 문득 영화 〈킹콩〉 생각이 났습니다. 이국 도심의 높은 빌딩 꼭대기에서 사랑하는 이의 손길을 느끼며 행복해하던 킹콩. '상처받은 마음을 아내의 손길로 위로받는 나도 어쩌면 킹콩이 아닐까?' 이런 생각이 들더군요.

킹콩은 자신이 지배하던 섬에서 끌려나와 현란한 네온사인과 소음과 인파가 들끓는 대도시 한편에 어릿광대처럼 매달려 있다가 끝내 사랑하는 이를 안고 마천루 꼭대기에 오릅니다. 맹수의 이빨처럼 난사되는 총탄을 온몸에 그대로 맞으면서도 킹콩은 끝내 우렁찬 포효를 그치지 않습니다.

온몸이 피투성이가 되어 곧 숨이 끊어질 듯 헐떡이면서도 자신을 걱정하는 여인의 눈빛을 바라보고는 다시 포효합니다. '나는 결코 약하지 않다. 당신은 내가 반드시 지켜주겠다.' 마치 이렇게 말하는 듯 말입니다.

가슴을 두드리며 우렁차게 소리를 치는 킹콩의 모습 위로 총탄을 쏘아대는 비행기보다 훨씬 더 사나운 사회라는 곳에서 가족의 생계를 위해 고군분투하는 제 얼굴이 겹쳐졌습니다. 다람쥐 쳇바퀴 도는 양 반복되는 일상 속에서 상사의 호통에 주눅 들고 쌓여가는 업무에 지치며 자기 뜻과는 전혀 다르게 윤색되어가는 자신의 꿈을 안타깝게 바라보는 오늘날 이 땅의 아버지들 모습이 마치 킹콩처럼 느껴졌습니다.

직장에서 온갖 굴욕을 당하고, 심신은 녹초가 되어 쓰러지기 일보직전이라도 사랑하는 가족 앞에서는 늘 자신만만하게 버티고 서야 하는 우리들의 모습과 죽음의 순간에도 사랑하는 이 앞에서 큰 울음으로 사자후를 뿜던 킹콩의 모습이 아주 닮아 있었습니다.

이 시대를 살아가는 우리들은 21세기에 재래再來한 마천루 위의 '킹콩' 입니다. 저 또한 다르지 않습니다. 힘이 들어도, 심신 여기저기에 아무리 큰 생채기가 나도, 저는 우렁차게 포효해야겠습니다. 용기내 살아가야겠습니다. 무슨 일이 있어도 끝까지 지켜야 할 사랑스러운 가족이 있으니까요.

그날 이후, 세상이 나를 무릎 꿇게 하는 일이 있으면 저는 상처난 자존심에 빨간약을 바르고는 착한 아내와 예쁜 딸이 있는 우리들만의 둥지, 그 마천루에 바람같이 찾아들어 갑니다. 그러고는 자정이 되어 잠자리에 누울 때까지 킹콩의 포효를 멈추지 않습니다.

"여보! 당신은 내가 지켜줄게. 나는 결코 약하지 않아."

네, 저는 결코 약하지 않습니다. 나는 세상에서 가장 행복하고 힘이 센 킹콩입니다.

__유동완(남 · 37세 · 서울시)

우리는 폭풍에 항복할 수도 있고, 그것이 지나가리라는 것을 알고 다시 한 번
일어서서 그것에 맞설 수도 있단다. 얼마나 많이 불어 닥치건 간에 폭풍에 맞서
대항하다 보면, 그것에 저항하기 위해 굳이 폭풍만큼 강할 필요가 없다는 사실을
터득하게 된단다. 그냥 서 있을 정도로만 강하면 되느니라. | 그래도 계속 가라 中

새벽을 달리는 리어카

고2 겨울 방학을 앞둔 어느 날, 평소 별로 말도 없고 1년 내
내 나서는 일 없었던 지선이가 교실 앞으로 나가더니 교탁을
'탁탁' 쳤다.

"누구 혹시 내가 하는 아르바이트 자리 이어서 할 사람 없
냐? 매립지 근처 갈비 파는 식당인데, 오후 4시부터 새벽 2시
까지 일하면 돼. 급여는 시간당 삼천 원. 방학 동안만 하면 되
는데. 누구 없어?"

웬일인가 싶었는지 술렁대던 아이들은 일제히 숨을 죽이고
지선이가 하는 말에 귀를 기울였다. 하지만 그것도 잠시 전혀
관심 없다는 듯 지선이 말이 채 끝나기도 전에 다시 제각기

하던 잡담을 시작했다. 지선이는 얼굴이 빨개지더니 머쓱한 표정을 지으며 아무런 수확도 없이 제자리에 가서 앉았다.

지금껏 지선이가 야간자율학습 시간마다 몰래 나갔던 게 바로 그 아르바이트 때문인 듯싶었다. 공부 잘하고 예의 바른 모범생은 아니었지만 그래도 이렇다 할 문제 한번 일으키지 않고 있는 듯 없는 듯 지내던 지선이. 그런 지선이가 위험을 무릅쓰고 야간자율학습을 빼먹은 건 혹시 지선이도 나처럼 형편이 어려워서가 아닐까 하는 생각이 들었다. 지선이의 제안에 마음이 술렁이는 아이는 나 하나뿐인 것 같았다.

사실 이래저래 고민이 많았다. 고3이 되면 참고서도 많이 사야 하고 여기저기 돈 들 일이 많아질 것 같아 마음이 무거웠다. 내가 열세 살 때 부모님이 이혼하면서 그때부터 나는 이모 집에서 살고 있다. 이모 집에도 사촌 동생들이 셋이라 나까지 하면 모두 여섯 식구나 된다. 게다가 얼마 전부터 이모부의 사업이 잘 풀리지 않아 집안 분위기가 많이 무거워졌다. 어떻게든 이모가 짊어진 부담을 덜어 드리고 싶었다.

'시간당 삼천 원이라고? 그럼 하루에 열 시간이니까 삼만 원, 그리고 한 달이면 구십만 원이네.'

큰돈이었다. 그 정도면 고3 1년 동안 필요한 참고서도 사고, 용돈도 충분할 것 같았다. 식당 일은커녕 어떤 아르바이트도 해본 적이 없던 터라 많이 망설여지긴 했지만, 구십만 원이라는 돈은 모든 두려움을 잠재우기에 충분한 목표였다. 지선이도 내게 용기를 주었다.

"뭐, 경험 없어도 상관없어. 사장님이 좋으시니까 일 잘 가르쳐주실 거야. 사실은 고깃집에서 음식 나르는 일이 좀 힘들긴 한데, 그래도 일하면서 맛있는 고기도 매일 먹을 수 있으니까 그 정도는 참으면서 할 만해."

지선이를 따라간 매립지 고깃집은 생각보다 꽤 컸다. 내가 할 일은 손님들의 주문을 받고, 음식을 나르고 불판을 갈고, 손님이 나가면 음식을 치우는 것이었다. 호기롭게 시작했지만 식당 일은 생각했던 것보다 몇 배는 더 고됐다. 사실 처음 며칠간은 쓰러져 죽는 줄 알았다. 게다가 마침 크리스마스와 연말이 줄지어 있어서 회식하는 단체 손님이 끊이지 않았고, 덕분에 새벽 2시를 넘기는 날이 다반사였다. 한번은 새벽 4시가 훌쩍 넘어 퇴근하기도 했다.

온몸은 욱신거리고, 씻어도 씻어도 몸에서는 고기 냄새가 가시지 않았다. 머리카락이며 손톱 끝 하나하나에 짙게 밴 그 냄새가 얼마나 머릿속을 괴롭히는지 경험해보지 않은 사람은 정말 모를 것이다. 입술은 부르트고, 눈은 퀭하게 들어갔으며 방바닥을 걸레질해야 했기 때문에 두 무릎은 시퍼렇게 멍이 들었다.

그런데 연말이 지나 연초로 접어들자 손님이 뜸해졌다. 낯선 육체노동을 하느라 쌓인 피로를 어떻게 풀어야 할지 몰라 여전히 젖은 솜뭉치 같은 몸을 끌고 힘겹게 출근하는데, 사장님은 손님이 없어서 받는 스트레스를 내게 핀잔주는 일로 해소하기 시작했다.

"홀 닦았냐?"

"네, 사장님."

"야, 손님 없어서 할 일도 없는데, 가만있지 말고 가서 한 번 더 닦아봐."

손님이 많으면 정신없이 바빠서 지옥처럼 힘든 시간도 덩달아 잘 가는데, 손님이 없다고 히스테리를 부리는 사장님 눈치를 보고 있자니 몸은 편해도 마음은 노동보다 더 견디기 힘든 바늘방석에서 종종거리고 있는 듯했다.

또 괜한 트집을 잡으실까 싶어 평소보다 더 부지런히 바닥을 닦고 있는데, '드르륵' 문 열리는 소리가 들렸다. 얼핏 보니 가족이었다. 얼른 닦던 걸레를 치우고, 부랴부랴 물과 컵,

물수건을 챙겨서 주문을 받으러 가는데 함께 온 애가 우리 반 남자애였다. 말끔하게 차려입고 부모님과 함께 외식을 하러 온 그 애 모습이 머리를 질끈 묶고 무릎이 나온 식당 유니폼을 입은 내 모습과 너무 대조적이어서 갑자기 낯이 확 달아올랐다. 그 애도 곧 나를 알아보았는지 아래위로 나를 훑어보는 눈치였다. 다감하고 여성스러워 보이는 그 남자애 어머니가 아들의 행동을 눈치 챘는지 나를 뚫어져라 살피고는 곧 과장된 목소리로 나를 아는 체했다.

"어머, 우리 애랑 한 반인가 보네? 부지런도 해라. 방학이라고 아르바이트하는가 보구나?"

그러다 이내 내가 민망해하는 걸 알았는지 아들에게로 말을 돌렸다.

"넌 호강하는 줄 알아라. 너도 이런 데서 일하면서 고생 좀 해야 하는데 말야. 그래야 돈 귀한 줄도 알고, 아빠가 얼마나 고생하는지도 알지."

빨리 그 자리를 피하고 싶었지만, 애써 웃으며 주문을 받고 돌아섰다. 그때 등 뒤로 비수 같은 한마디가 와서 꽂혔다.

"쟤, 너무 불쌍하다."

"그렇게 불쌍하면 엄마가 좀 도와줘."

다리에 쥐가 난 듯 순간 그 자리에서 꼼짝 할 수가 없고, 금방이라도 눈물이 왈칵 쏟아져 나올 것만 같았다.

'내가 왜 불쌍하지? 그래 좀 피곤해 보이는 건 나도 알아. 십여 일째 그렇게 열심히 일하고 안 피곤한 사람이 어디 있겠어. 그런데 그게 왜 불쌍해? 나는 당당하게 내 힘으로 돈 벌어서 나를 보살펴주시는 이모님을 도우려는 건데. 대체 속내도 아무것도 모르면서 왜 겉모습만 보고 불쌍하다느니 안됐다느니 하는 거야? 왜? 왜?'

소리쳐 따지고 싶었지만, 흐르는 눈물을 삼키면서 가까스로 마음을 추슬렀다. 그 친구네 가족은 얼마 먹지도 않고 일찍 자리를 떴다. 하지만 그날 남은 시간 내내 그 친구 가족들이 마치 계속 거기 앉아 '쟤, 불쌍하다'며 내 얘기를 하는 듯 마음도 몸도 참 힘들었다. 지독하게도 느리게 가던 시간이 어느덧 새벽 2시에 이르자, 하루 일과를 정리하고 집으로 터벅터벅 걷기 시작했다.

식당에서 우리 집까지는 바지런히 걸어서 약 30분 정도 가야 했다. 보통 때는 어두운 밤거리가 무섭기도 하거니와 빨리 가서 씻고 자야지 하는 마음에 달리다시피 해서 단숨에 갔지만, 그날은 발에 무거운 쇠사슬이라도 걸어놓은 양 발걸음이 무거웠다. 칼날 같은 겨울바람이 옷깃을 스칠 때마다 코끝으로 진한 고기 냄새가 훅 끼쳐와 내 슬픔에 찬물을 자꾸만 끼얹었다. 눈물 한 자락이 주르륵 뺨을 타고 흘러내리더니 멈출 줄을 몰랐다.

'다른 아이들은 다들 곤히 잠을 자고 있겠지? 이제 고3이 되면 학원이다 과외다 정신이 없을 거야. 아무 걱정 없이 공부만 열심히 하라고 말씀하시는 부모님 밑에서 말야. 그래 어쩌면 그 애 엄마 말이 맞는지도 몰라. 난 참 불쌍한 아이야. 난 왜 이렇게 살아야 하지? 왜 이렇게 힘든 거야? 나도 편하게 공부만 하고 싶다고.'

지난 2주간 쌓인 고단함이 서러움과 뒤엉켜 눈물로 쏟아져 내렸다. 그때 '부스럭 부스럭' 뒤에서 소리가 났다. 눈이 퉁퉁 부어오르도록 울면서 씩씩거렸으면서 인기척이 들리자 더럭 겁이 났다. 시간은 2시 반, 평소 집까지 가는 동안 한 번도 인적이 없었던 터라 더 무서웠다. 그래도 확인해야 했다. 이대로 있다가 당할 수는 없다는 생각이 들어 공포에 질려 가까스로 뒤를 돌아보았다. 할아버지였다. 세월의 무게에 눌려 등 굽은 할아버지가 옷을 몇 겹이나 겹쳐 입고는 찬바람을 가슴에 안고 리어카를 끌고 계셨다. 나는 얼른 길옆으로 비켜서서 할아버지에게 길을 내드렸다. 느릿느릿 할아버지가 밀고 가는 리어카에는 종이상자와 빈 병, 고철이 실려 있었다. 그런데 쓸모없다고 버려진 고철이며 상자, 빈 병들이 할아버지보다 더 의기양양하게 살아 있는 듯 보였다. 순간, 하염없이 흐르던 눈물이 '뚝' 멈췄다. 울음도 쏙 들어가 버렸다.

'연세는 얼마나 되셨을까? 사는 동안 참 많은 어려움을 겪고 이겨내며 지금까지 오셨겠지? 가난의 무게가 너무 무거워 삶을 포기하고 싶은 순간이 얼마나 많으셨을까? 그래도, 그래도 할아버지는 계속 걷고 계신다. 그래도 새벽을 안고 매서운 겨울바람만 서걱거리는 어둡고 적막한 골목길을 걸어가신다. 치열하게 열심히 살고 계신다.'

내 마음에 동이 터오기 시작했다. 볼을 에는 듯했던 찬바람도 고마운 길동무인 양 반가웠다. 무겁기만 하던 두 발은 날개를 단 듯 달리기 시작했다.

__현은선(가명 · 여 · 26세 · 남양주시)

인생의 금메달

겨울의 시린 바람이 2월의 햇살에 움찔 놀라 어깨를 떨어뜨리는 일요일 아침, 남편과 전주로 향했다. 명절 밑이라 각오는 했지만, 고속도로는 죽 늘어선 차들로 꽉 막혀 있었다. 답답한 내 가슴을 보는 듯했다. 친정 생각 때문이었다.

결혼한 주부들은 모두 알리라. 친정이 제대로 버텨주지 못할 때의 그 서러움을 말이다. 게다가 든든한 뒷배경은 고사하고라도 문제투성이 집안이라 하루가 멀다 하고 일을 펑펑 터뜨려 그때마다 가슴이 녹작녹작 타 들어갈 때의 그 심경이란 무어라 표현하기가 어렵다.

길이 좀 뚫린 덕에 차가 제법 달리기 시작했다. 아침나절

집을 나섰는데, 벌써 해가 하늘을 붉게 물들인 저녁이었다. 아침에 받은 전화 내용이 자꾸만 귓가에 맴돌았다. 명절을 앞두고 이것저것 준비할 것이 많아 마음도 몸도 한창 분주한데, 새엄마에게서 전화가 왔다.

새엄마 목소리가 다급했다. 아빠가 이모 병문안을 하러 친정 엄마와 함께 전주 병원으로 가다가 차가 두 바퀴나 굴러 병원에 실려 가셨단다. 두 분 다 입원하셨는데, 다행히 두 분 다 생명에는 지장이 없다고 했다. 그런데 아빠가 급히 수술을 해야 한다며 빨리 오라고 성화였다.

하는 수 없이 일손을 다 내려놓고 전주로 향해야 했다. 오랜만에 본가 식구들 볼 생각에 남편은 한창 들떠 있었지만, 갑자기 날아든 소식에도 싫은 내색 하나 없이 어서 가보자며 나보다 더 서둘러 차를 몰아주었다.

"큰 사고였는데도 많이 다치지 않으셨다니 정말 다행이야. 하늘이 도우신 거라고."

속이 참 많이도 상할 텐데, 자기 가족처럼 걱정하는 남편을 물끄러미 바라보며 미안함에 괜스레 눈물이 났다.

어린 시절, 나는 한숨도 눈물도 언제 한번 제때에 제대로 밖으로 그려내지 못했다. 우리 엄마는 자주 아팠다. 아프지 않은 날보다 아픈 날이 훨씬 많았던 엄마 때문에 단 하루도 학교를 제대로 다닌 기억이 없다. 비가 오면 우울하다시며 내 발을 붙드셨고, 아버지와 싸운 날은 아버지가 언제 쫓아 들어올지 모른다며 당신을 지켜달라고 학교 가는 나를 잡아 앉혔다. 심지어는 집에 불이 났다며 학교에 거짓 전화를 해 야간 자율 학습을 하다가 선생님 차를 타고 부리나케 달려온 적도 몇 번 있었다.

고등학교를 졸업할 무렵, 부모님은 결국 헤어지셨다. 의지하고 싶었던 오빠는 가정 환경을 탓하며 비뚜로 나갔고, 결국 병든 엄마와 동생 양육은 고스란히 내 몫이 되어 돌아왔다. 나는 그 일이 원래부터 내 몫인 양 아무런 원망 없이 고스란히 받아들이며 최선을 다해 열심히 일했다. 일하면서 생각했다. '조금이라도 삐뚤어지면 내 삶이 너무 아깝고 무의미해진다. 남들 보기에는 이것저것 많이 부족할지라도 내 자신에게만은 부끄럽지 말자.'

참 힘든 시간이었지만 고맙게도 고등학교는 끝까지 마칠 수 있었다. 졸업 후에는 좋은 직장도 잘 잡아 전보다 생활이 조금 나아졌다. 병약한 엄마 대신 집안일까지 하느라 하루하루가 늘 시간이 모자랐다. 새벽같이 일어나 동생 아침 먹여

학교 보내고, 엄마 점심과 저녁까지 준비해놓고 집을 나와 직장에서 일하고, 다시 자정까지 아르바이트. 집에 돌아오면 그날 하루 쌓인 설거지와 집안 청소, 빨래까지 하고 나서야 잠이 들었다. 그렇게 하루하루 전투를 치르듯 살았다. 그래도 우리 세 식구 별달리 아픈 데 없이 건강한 것이 고마운 시간들이었다.

하늘이 도왔는지 성실하고 착한 남편을 만나 결혼했고, 그에게 태어나 처음으로 의지라는 것을 해보았다. 누군가에게 마음 놓고 기댈 수 있다는 것이 그토록 행복한 것인지 나는 처음 알았다.

하지만 집안 살림이며 가계를 도맡아 꾸려가던 내가 빠진 친정에서는 그 빈자리를 잘 채워가지 못했다. 결혼하고 얼마 안 있어 엄마가 생활비가 필요하다며 돈을 좀 보내달라 전화를 하셨다. 어렵사리 목돈을 만들어드렸는데, 며칠 뒤 오빠에게서 전화가 왔다. 사업에 실패해 사채업자에게 쫓기는 신세가 되었다며 돈 좀 마련해달라는 것이었다. 설상가상으로 대학에 떨어진 동생은 어디론가 사라지고, 새엄마는 아버지와 못 살겠다며 하루가 멀다고 전화가 왔다.

걸려오는 전화들이 모두 놀라 쓰러질 내용들만 이어지다

보니, 당시 나는 전화벨만 울리면 깜짝깜짝 놀라고, 식은땀이 나고, 숨이 쉬어지지 않았다. 몸은 지칠 대로 지쳐 있는데, 잠조차 오지 않아 몇 달 가까이 수면제를 먹고서야 겨우 잠이 들었다.

이 모든 과정을 지켜보던 남편은 어떻게 이런 상황을 지금껏 혼자 이겨냈느냐며 우는 나를 꼭 안아주었다. 하지만 서러움에 부끄러움, 미안함이 한데 범벅이 되어 내 울음은 그칠 줄을 몰랐고, 급기야 착한 남편도 나를 얼싸안고 울고야 말았다. 도덕군자 같은 부모님 밑에서 자란 남편은 나를 무척 가슴 아파했다. 하지만 나는 절대 들키지 말아야 할 것을 들킨 양 고개를 들 수가 없었다.

그렇게 12년. 요즘도 가슴이 철렁철렁 내려앉는 일들이 하루가 멀다 하고 일어난다. 아마 다른 사람들이 나만큼 그런 일을 겪으려면 한 백 년은 살아야 알게 되지 않을까 싶다.

이제 내 눈물샘은 바짝 말라 있다. 어떤 일이 닥쳐와도 절대 울지 않고 밝고 명랑하게 잘 이겨내겠노라고 다짐하며 내가 다 퍼냈기 때문이다. 내게만 유독 치열한 듯 느껴지는 삶이지만, 그래도 내게는 든든하고 사랑 가득한 남편이 있지 않은가? 그래서 나는 맨 주먹 불끈 쥐고 당당히 맞설 것이다.

나는 희망이 있다. 남에게 부끄럽지 않은 나. 스무 살 시절 그때나 지금이나 똑같이 내세울 것 하나 없지만, 남에게 손가락질 받지 않도록 열심히 바르게 살아가는 내가 있지 않은가! 가정 환경이 아무리 불우해도 나 스스로 강하게 반듯하게 살아간다면, 어느 순간 행복이 성큼성큼 찾아오리란 것을 믿어 의심치 않는다.

나는 꿈이 있다. 건강이 좋지 않아 잠시 쉬었던 일도 얼마 전부터 다시 시작했다. 그것을 기반으로 우리 가족의 삶을 조금이라도 더 편안하고 풍성하게 가꿔갈 것이다. 물론 넘어지긴 하겠지만 그래도 쓰러져 주저앉아 울기만 하는 일은 없을 것이다. 내 손을 잡아 일으켜줄 남편이 있고, 그가 내 상처를 어루만지며 보듬어줄 것이다. 그리고 우리 부부의 보물인 예쁜 딸들이 있지 않은가! 하루하루 내 인생에서 금메달을 건져 올려 사랑하는 딸들과 성실한 남편에게 고마움 가득한 내 마음을 상금처럼 안겨줄 것이다. 그렇게 내 삶에 승리자가 될 것이다. 서른일곱 살의 주부 주영미, 나는 오늘도 인생의 금메달을 따기 위해 힘차게 일어선다.

__주영미(여 · 37세 · 익산시)

긴 터널을 지나

엄마는 내가 갓난아기 때 아빠가 병으로 세상을 떠나시면서 혼자 우리 남매를 키우시느라 무척 고생하셨다. 게다가 어렸을 적 외할아버지께 얼굴을 잘못 맞는 통에 청력을 잃은 엄마는 다른 이들보다 몇 배는 더 힘들었을 것이다.

엄마는 아빠를 보낸 슬픔을 채 추스르기도 전에 등에는 나를 업고, 한손에는 일곱 살 난 오빠 손을 잡고, 리어카로 채소 행상을 나섰다. 기댈 곳 하나 없이 엄마는 우리 남매만 바라보며 외로움도 삶의 고단함도 다 버리고 사셨다. 그렇게 10여 년, 엄마의 마음과 몸은 만신창이가 되고 말았다.

중학교 졸업을 앞둔 겨울, 엄마가 갑자기 쓰러지셨다. 뇌경

색이었다. 거기다 우울증까지 앓고 계신다고 의사가 덧붙였다. 어제까지도 아침 챙겨주고, 언제나처럼 일 다녀오시고 하던 엄마가 느닷없이 쓰러지시고 나니 꼭 꿈을 꾸는 듯했다. 그러는 동안 오빠는 앞으로 우리 세 식구가 어떻게 해야 하는지 차근차근 계획을 세웠다.

그날부터 나는 병원에서 엄마 간호를 시작했고, 대학에 다니는 오빠는 낮에는 공부하고 밤에는 일을 해 우리 가족 생계를 책임졌다. 오빠는 늦게까지 일하고 집에 들어가서도 졸린 눈 비벼가며 반찬을 만들어두었다가 점심시간마다 도시락을 싸 와서 우리 셋이 함께 밥을 먹었다. 그렇게라도 생활비를 아껴야 했기 때문이다. 나머지 집안일은 내 몫이었다. 각종 공과금 계산부터 집안 청소며 빨래, 그리고 의사선생님을 만나 엄마의 병세를 확인하고 치료 상담까지 했다. 고등학교 입학을 앞두고 하고 싶은 일, 해야 하는 공부도 많았지만 그건 조금도 중요한 게 아니었다.

하지만 누구보다 힘든 건 엄마였다. 귀가 좋지 않아 사람들과 의사소통이 힘들었던 탓에 엄마는 아빠가 떠나신 후로는 거의 다른 사람들과는 마음을 열고 지내지 못했다. 그렇게 쌓이고 쌓여 우울증이 가슴에 응어리로 들어앉아 있는데, 거기다 뇌경색까지 와 이제는 몸조차 자유롭게 움직일 수 없으니 얼마나 답답하시겠는가?

날이 갈수록 점점 상대방의 말에는 귀 기울이지 않고 당신이 하고 싶은 말은 여과 없이 모두 쏟아내셨다. 그러다 보니 같은 병실을 쓰는 사람들과 걸핏하면 큰소리치며 싸우는 일이 하루에도 여러 번이었다. 그때마다 죄송하다며 연신 허리 굽혀 사과하고, 간호사실로 가서 상황 설명하고 안정제를 받아다 드시게 하면 그제야 잠잠해지셨다. 그런 날이면 엄마가 잠들기를 기다렸다가 비상구 계단으로 나가 한참을 울었다.

엄마 마음을 충분히 이해할 수 있었다. 그러나 그 모든 일을 감당하기에 그때 나는 너무 어렸다. 얘기하면 다 들어줄 오빠가 있었지만, 오빠 마음을 무겁게 하고 싶지 않아 단 한 번도 힘든 내색을 할 수 없었다. 그렇게 한참 울다보면 지난 세월 동안 우리 몰래 울음을 삼키고, 눈물을 훔쳤을 엄마 생각이 새록새록 떠올랐다. '엄마는 얼마나 힘들었을까?' 이렇게 중얼거리다보면 눈물도 울음도 어느새 멈추었다.

그런데 어느 날, 또 한바탕 일을 치르고 진정되었을 즈음 병원장실에서 호출이 왔다. 더 이상 소란 피우는 일을 묵과할 수 없으니 병원을 옮겨달라고 했다. '예'든 '아니오'든 뭐라고 대답해야 하는데, 입이 열리지 않았다. 그대로 고개를 숙인 채 병원장실을 나오는데 엄마에게 화가 나고, 내게도 화가 났다. 병실로 돌아와 잠든 엄마 얼굴을 바라보고 있으려니 퍼뜩 정신이 들었다. 이대로 여기서 나가면 우리 식구에게는 아무런 방법도 없었다. 그 길로 병원장을 찾아가 우리 집 형편을 솔직히 다 말하고 제발 내쫓지 말아달라고 사정했다. 다행히 쫓겨나는 일은 면할 수 있었다.

내가 고등학교에 입학할 무렵, 엄마 병세가 많이 호전되어 우리 세 식구는 다시 집에 모였다. 엄마도 웬만한 일들은 혼자 할 수 있게 되었기에 나는 아르바이트를 시작했다. 고등학생이 되고 나니 돈 들 일이 이만저만이 아니었기 때문이다. 병원에 있으면서 다행히 봐둔 게 있어 뇌성마비장애인들이 밤에 자는 동안 필요할 때 보살펴주는 활동보조인으로 일할 수 있었다.

아침부터 밤 9시까지 학교에서 공부하고, 집에 가서 엄마 살펴드리고, 집안일을 한 다음 다시 버스를 타고 병원으로 갔다가 다음날 바로 학교로 등교했다. 너무 힘들었다. 그래도 오빠나 엄마에게는 한 번도 그런 내색을 하지 않았다. 모두 너무 힘든 고개를 넘고 있다는 걸 알고 있었기 때문이다.

그 무렵 항상 새로운 걸 꿈꾸고 언제나 배움에 도전하고 싶어 하는 오빠에게 자원봉사하면서 해외에 1년 정도 머물 수 있는 좋은 기회가 찾아왔다. 그동안 오빠는 우리 가족에게 아빠와 같은 존재였다. 그런 오빠가 곁에 없으면 어떻게 살까 정말 막막했다. 하지만 내게 그런 기회가 주어졌다면 나 또한 결국 떠났을 것이기에 말리지 못했다.

"괜찮아. 그런 기회 놓치지 마, 오빠. 지금 안 가면 또 언제 갈 수 있을지 모르잖아. 엄마는 내가 잘 돌볼게. 그리고 엄마, 1년쯤이야 금방이지? 우리끼리도 잘 살 수 있잖아. 내가 열심히 할게, 엄마."

오빠가 떠나는 날, 수업시간에 문자 한 통이 왔다.

"지민아 오빠는 인천공항이다. 공부 열심히 하고 엄마 잘 보살피고, 아무리 힘들어도 꿈 포기하지 말고! 밥 잘 챙겨 먹고, 틈틈이 메일 보낼게."

교과서 위로 눈물이 뚝뚝 쌓여갔다. 그날 좀체 눈물이 멈추질 않아 결국 조퇴를 했다. 무슨 일이냐고 묻는 엄마에게 "아파서 왔어" 하고 퉁명스럽게 대답하고는 방으로 들어가 이불에 얼굴을 묻고 펑펑 울었다. 그러다 잠이 들었나 보다. 얼마가 지났을까 잠에서 깨어나니 옆에 죽 한 그릇이 예쁘게 놓인 밥상이 차려져 있었다. 고개를 돌려 보니 엄마는 텔레비전에 폭 빠져 있었다.

엄마를 물끄러미 바라보고 있는데, 순간 아득해졌다. 나한테는 엄마가 있다는 것을 잠시 잊고 있었다. 내 곁에는 아픈 딸이 걱정돼 불편한 몸 이끌고 죽을 쑤어주는 엄마가 있었다. 파고들기만 하면 따뜻하게 안아줄 엄마 품도 있었고, 더없이 포근한 눈길로 나를 위로해줄 엄마의 손길도 있었다.

엄마가 뒤를 돌아보기에 얼른 눈을 감았다. 추울까봐 걱정이 됐는지 엄마는 살며시 다가와 이불을 다독여주었다. 주르륵 또 눈물이 흘렀다. 지금껏 흘린 눈물이 너무 부끄러웠다. 소리 없이 울면서 오늘 흘린 부끄러운 눈물을 씻어내면서 마음먹었다. '힘들어 주저앉고 싶을 때마다 엄마를 보자. 오빠를 생각하자. 내게는 존재 그 자체만으로도 고맙고 고마운 두 사람이 있지 않은가?'

나는 올해 대학에 입학하면서 학교 기숙사에서 지내고 있다. 돌이켜보면 그 터널은 참 길고 어두웠다. 하지만 지금, 우리 세 식구는 힘을 합쳐 그 터널을 잘 지나와 여기 서 있다.

__이지민(여 · 20세 · 대구광역시)

비통함도 다 목적이 있단다. 슬퍼한다고 해서 네가 약하다는 뜻은 아니야.
웃는 것은 우리의 사기를 북돋워주지만, 비통해하는 것은 우리의 마음을
정화시켜 주지. 비통함을 토로하는 데에는 눈물을 흘리는 것 만한 것이 없단다.
슬플 때는 눈물이 흐르도록 두거라. | 그래도 계속 가라 中

당당히 나를 외치다

밤하늘을 수놓은 수억 개의 별을 보고 있노라면 마치 한꺼번에 내게로 쏟아져 내릴 것만 같다. 밤하늘 별을 보면 누구나 이런 감성에 사로잡힐 것이다. 그런데 나는 나를 바라보는 사람들의 시선이 내게로 쏟아져 내릴 것만 같아 늘 불안하다. 이런 감성은 누구나 느끼는 것이 아니리라.

사람들 앞에 설 때면 나는 의식적으로 자꾸 고개를 숙인다. 누구 한 사람이라도 눈이 마주치면 내가 머릿속으로 하는 부정적인 생각을 그에게 그대로 들킬 것 같은 두려움 때문이다. 나도 모르는 사이 나 스스로 나를 너무 못났다고 부끄러워하기 때문일까? 아니면 전생에 지은 죄가 큰 걸까? 명백한 이유는 아직 찾지 못했지만 확실한 사실은 나는 유난히도 눈을 통해 상대로부터 평가받는 것을 두려워한다는 것이다. 그래서인지 언제부턴가 대중 앞에 서는 것을 마치 지옥 안에 들어와 있는 것처럼 몹시 괴로워했다.

정확히 몇 살 때부터인지는 기억나지 않지만, 아마도 고등학교 때부터였던 것 같다. 초등학교와 중학교 9년 동안 사실 나는 발표하는 걸 무척 좋아하고, 남들 앞에 더 나서지 못해 속을 끓이는 아이였다.

"누구 발표해볼 사람?"

수업시간 선생님께서 어려운 질문을 던져놓고 답할 아이를 찾으면 기회를 놓칠세라 "저요! 저요!" 하고 제일 먼저 손드는 아이가 바로 나였다. 그렇게 활달하고 남의 시선과 상관없이 자기 자신을 드러내는 것을 좋아하는 아이였는데, 사춘기를 지나오면서부터 점점 내가 가지고 있던 기존의 정체성이 흔들리기 시작했다. 그러면서 나는 점점 그때까지와는 전혀 다른 사람으로 커갔다.

"27번 일어나서 135쪽 읽어봐."

고등학교 시절, 수업시간에 선생님이 내 번호를 부를 때면 나는 바싹바싹 오금이 저려왔다. 책을 읽는다는 것은 정말이지 너무도 끔찍했다. 무어라 변명할 거리를 찾지 못하고, 마지못해 자리에서 일어나 한두 줄은 읽었다. 하지만 이내 나는 "선생님 죄송해요. 감기에 걸려서 목이 너무 아파요"라는 핑계를 둘러대고 다시 앉기 일쑤였다.

책 읽기가 귀찮아서가 아니었다. 자리에서 일어나 책을 읽으려는 순간부터 나는 나에게로 쏠린 반 친구들의 시선을 느꼈고 잘 읽어야 한다는 압박감에 시달렸다. 실수하지 말아야지 하는 생각은 곧 침을 어느 시점에서 삼켜야 자연스러울까 하는 생각으로 이어졌고, 숨을 참고 계속 읽어야 매끄럽게 읽어진다는 생각에 숨을 참다 결국엔 부자연스럽게 침을 삼키게 되었고, 그 일로 친구들로부터 놀림을 받은 적도 있었다. 그때 너무 부끄러워 자리에 앉아 울음소리를 삼키며 얼마나 많이 눈물을 흘렸는지 모른다. 그 뒤부터는 책을 읽으라고 하면 으레 눈물부터 나왔다.

그때부터 나는 대중 앞에 서면 안 된다는 생각이 들었다. 사람들에게 소심한 아이, 어리석은 아이, 겁쟁이로 낙인찍히고 싶지 않았기 때문이다. 다행히 나는 멍석 깔아 발표시킬 때를 제외하곤 매우 활발하고, 시끄럽고, 자신감 넘치는 그런 아이였기에 발표만 하지 않는다면 겁쟁이 나를 숨기는 데 큰

문제는 없었다.

대중 앞을 피하는 노하우가 점점 쌓여가는 동안, 나의 사회 공포증은 날로 악화되었다. 그래서 대학에 가서는 발표가 있는 수업은 일체 듣지 않았다. 만약 발표를 해야 한다면 교수 님을 찾아가 리포트로 대체해달라고 사정했다. 그러면서 나는 숙련된 요령과 노하우만 있다면 대중 앞에 굳이 서지 않아도 평생을 살아갈 수 있다는 확신을 가지게 되었고, 그 후 남 앞에 나를 드러내는 일에 더욱 소홀히 하게 되었다.

그러던 어느 날, 친구와 함께 아르바이트를 하고자 패밀리 레스토랑을 찾았다. 그날, 평온한 내 인생에 일침을 가하는 충격적인 말을 들었다. 면접을 하는데, 느닷없이 자기소개를 간단히 해보라는 것이었다. 나는 작은 목소리로 띄엄띄엄 말했다.

"안… 녕… 하… 세… 요…. 저… 는…."

말도 느린 데다 그나마 소리까지 너무 작았던지 점장은 몇 차례나 크게 말해달라고 채근했다. 하지만 그럴수록 내 목소리는 점점 더 잦아들었다. 결국 점장은 참다못해 내게 폭포수 같은 말들을 내뱉었다.

"요즘 같은 자기 PR 시대에 자기소개 한마디도 제대로 못한다는 게 말이 됩니까? 대학은 어떻게 들어갔고, 앞으로 회사는 또 어떻게 들어갈지 정말 의문입니다. 됐고요. 집에 가세요. 당신 뽑았다간 우리 가게 손님들 다 떠나갈 것 같으니깐. 이거 참 답답해서 원."

태어나 맞닥뜨린 가장 낯 뜨거운 순간이었다. 하지만 그 순간에 나는 눈물도, 분노도, 슬픔도 그 어떤 감정도 느낄 수가 없었다. 거짓말처럼 그 순간은 정지되었고, 나를 둘러싸고 오가는 몇 개의 대화 줄에 꽁꽁 묶여 나는 아무것도 할 수가 없었다. '생각하면 무너진다. 생각하지 말자 아무것도 느끼지 말자.' 스스로 비참한 나를 느끼지 않으려고 이렇게 최면을 걸었던 것 같다. 생애 처음 내딛었던 사회라는 커다란 세상 앞에서 단 5분 만에 나는 그렇게 낙오자가 되었다. 어쩌면 나는 무능한 사람으로 평생 그들의 기억에 남을지도 모른다.

이때부터 나의 생각은 바뀌기 시작했다. 그때 겪었던 그 일을 학생 신분이 아닌 사회인이라는 신분에서 겪었더라면 나는 어땠을까? 날 보호해주는 학교가 사라진 텅 빈 들판에 혼자 이런 일들을 겪어야 한다고 생각했을 때, 나는 변해야만 했다. 내가 넘을 수 없다고 생각했던 벽들을 내 스스로 부셔야 했고, 당당히 비바람 앞에 맞서야 한다고 다짐했다. 설사

비바람에 온몸이 만신창이가 될지라도, 숨어서는 안 된다고 생각했다. 왜냐하면 점점 커져가는 나를 세상에 드러내고, 표현할 이는 이 세상에 오직 나 하나밖에 없으니까 말이다.

결전의 날이 다가왔다. 아침밥을 먹은 뒤 어제 준비해두었던 청심환과 신경안정제를 먹고 학교에 갔다. 겁쟁이 내가 세상을 향해 도전하는 날, 바로 사람들 앞에 서서 발표하는 날이었다. 주제는 '인도 문화'. A4 다섯 장 분량의 발표지가 내 손길에 너덜너덜해졌을 무렵 교수님께서 내 이름을 호명하셨다. 학생들의 박수를 받으며 당당히 강당 앞에 섰다. 그리고 이내 강당에서는 통곡소리가 요란하게 울려 퍼졌다.

정말 서러운 울음이었다.

"안녕하세요⋯⋯. 저는⋯⋯."

내 목소리는 횡파와 종파가 들쭉날쭉하는 것처럼 심한 지그재그로 요동쳤다. 다리에 힘이 쭉 빠져 더 이상 서 있지 못하고 주저앉고 말았다. 창피한 기분보다 울음이라도 제발 멈추기를 바랐다. 그리고 발표는 못하더라도 제발 일어설 수만 있었으면 싶었다. 하지만 몸이 꼼짝도 하지 않았다. 내 몸이 내 의지대로 움직이지 않았다. 얼마가 지났을까, 어떤 학생의 목소리가 들려왔다.

"교수님, 더 이상 발표를 하는 게 무리인 것 같은데, 다음 학생 시키죠."

그런데 교수님은 아주 단호하셨다.

"이 학생에게 지금은 매우 중요한 순간이에요. 지금 이 순간을 극복하고 다시 일어나서 발표를 마친다면 앞으로 더 발전해나가겠지만, 여기서 포기하고 발표를 그만둔다면 이 학생은 평생 아마 대중 앞에 서지 못할 거예요. 우리는 이 학생이 이 순간을 극복할 수 있도록 도와줘야 해요. 포기하게 내버려두는 것은 이 학생을 배려하는 게 아니에요. 누가 이 학생에서 물 좀 가져다줄래요?"

교수님은 강단 위로 책상을 올려주셨고, 나는 그곳에 앉아 물을 마셔가며, 휴지로 콧물을 닦아가며 그렇게 겨우겨우 준비해온 다섯 장의 발표문을 다 읽었다. 발표가 끝나자 모든 학생들이 자리에서 일어나 내게 박수를 보냈다.

남들에게는 쉽고 간단한 일이지만, 나에게는 세상에서 가장 어려운 일 그리고 그 일을 통해 남과 나의 다른 점을 발견하면서 나는 내 장애에 대해 깨달았다. 그냥 단지 싫어서 하기 싫은 일, 귀찮아서 피하고 싶은 일이라고 생각했던 것들이 사실은 내가 할 수 없는 일이라는 사실을 나는 알아버렸다.

그리고 그것이 장애라면 재활 치료를 통해서라도 고쳐야 한다는 생각을 했다.

스피치학원, 발표불안상담프로그램 그리고 심리 치료 등 할 수 있는 한 나를 변화시킬 수 있는 모든 것에 참여했다. 그리고 1년간의 타지 생활을 결심했다. 부모님, 학교, 친구들, 나를 둘러싼 방패막을 벗어두고 내 스스로 낯선 곳에 부딪혀 보고 싶었다. 그곳에서 1년을 최선을 다해 살아냈다. 그리고 지금 다시 제자리로 돌아왔다. 울면서 떠났던 이곳에 서서 지금은 당당히 큰소리로 나를 외친다.

사람이라면 누구나 무대 공포, 타인에 대한 공포를 안고 살아간다. 그렇기에 우리 모두에게는 서로를 공감해주고 이해해줄 수 있는 연결고리가 있다. 그리고 지금은 그것을 알기에 타인 앞에 서는 게 두렵지 않다. 내 실수를 감싸주고, 내 부족한 몫을 채워주고, 떨리는 내 가슴을 위로해주는 게 바로 내 앞에서 혹은 나를 둘러싸고 나를 바라봐주는 사람들이라는 것을 깨달았기 때문이다.

_진다은(여 · 24세 · 광주광역시)

87

할머니의 졸업 선물

요즘 유리창 너머 바깥 풍경들을 바라보고 있으면, 이젠 정말 봄이 다가왔음을 느낄 수 있답니다. 겨우내 얼어붙었던 땅에서는 어느덧 봄의 색이 피어나고 있고, 앙상했던 나무마다 연둣빛 새순이 돋아나고 있습니다. 무엇보다 가장 큰 변화는 바로 사람들의 옷차림입니다. 두꺼운 외투를 벗어버리고 형형색색의 밝고, 가벼운 옷들을 날개옷처럼 걸치고 다닙니다. 사람들 표정 또한 옷만큼이나 밝아졌고, 발걸음까지 경쾌해 보입니다. 보고 있으면 나까지도 기분이 좋아질 정도로 말이지요. 도서관 너머로 이렇게 변해가는 풍경들을 관찰하고 있으면, 어느덧 다시 새로운 1년이 시작되고 있음을 느낄 수 있습니다.

이렇게 계절도 바뀌고, 모두들 거기에 발맞추어 가는데, 저는 이러한 변화가 두렵기만 합니다. 흡사 모두 다 달리기를 끝내고 결승점을 찍고 들어오는데, 나 혼자만 아직도 저 멀리 뒤처진 것처럼 불안하고 부끄럽습니다. 왠지 모를 불안감과 초조함이 온통 제 주위를 감싸고 있답니다.

제 불안함에는 대학교 졸업이라는 현실이 밑바탕에 깔려 있습니다. 저는 올해 2월에 대학교를 졸업했습니다. 예전 같으면 대학을 졸업했다는 그 이유만으로도 무척 설레고 새로운 시작을 준비하느라 가슴 벅찬 시간이었을 것입니다. 하지만 지금은 상황이 아주 다릅니다. 바로 졸업과 동시에 취업대란이라는 전쟁터로 툭 떨어져버리기 때문입니다.

텔레비전을 보고, 인터넷을 보아도 전 세계적인 경제난 때문에 취업하기가 점점 더 어려워지고 있습니다. 대학교에 다니는 4년 동안은 그냥 대학 생활을 즐긴다는 그 자체만으로도 행복해서, 취업 걱정을 할 겨를이 없었습니다. 굳이 외면하려 했던 것은 아니지만, 열심히 대학 생활을 하면 자연스럽게 취업도 뒤따라오리라 생각했습니다.

하지만 대학을 나와 직접 체감한 경제 상황은 학교에서 볼

때와는 딴판으로 내리막길을 달리고 있었습니다. 더 이상 취업에 대해 낙관할 수 없다는 것을 이제야 깨달은 것입니다. 4학년 1년 동안 준비하긴 했지만, 그러한 준비도 남들에 비하면 준비했다고 말도 할 수 없을 만큼 부족하다는 것을 뼈저리게 느끼고 있습니다.

'난 왜 그동안 그렇게 어리석었던 것일까?'

하루에도 수십 번 저 자신을 나무랍니다. 그리고 결정적인 것은 이곳저곳 취업 사이트를 돌아다녀보아도 제 전공을 살릴 분야는 눈에 띄지 않는다는 것입니다. 급기야 저는 행복하게 보낸 지난 4년을 후회하기에 이르렀습니다. '전공도 살릴 수 없는데, 나는 4년 동안 뭘 배운 거지? 대체 무슨 생각으로 학교를 다닌 거야?'

안 될 말이지만 4년이라는 시간이 아깝다는 생각마저 들었습니다. 내가 좋아했던 공부와 연관된 일들을 하고 싶었는데, 그건 어느새 너무 먼 이상이 되어버리고 말았습니다.

아마도 수많은 대학 졸업생들이 이런 현실에 공감할 것입니다. 이런 상황이 너무 암담해 미래까지도 발목 잡힌 듯 희망 없이 사는 우리 또래들이 많으니까요. 그 절망감이 얼마나 무거운지 결국 털어내지 못하고 그 무게에 눌려 죽음을 선택하는 이들까지 생겨나고 있는 현실입니다. 저도 순간순간 모든 것을 포기해버리고 싶은 때가 있었습니다. 하지만 제게는 그러면 절대 안 되는 가장 큰 이유가 있습니다. 가족. 제게는 저보다 더 저를 사랑하고 아파해주는 가족이 있습니다.

할머니는 두 눈 가득 저를 향한 염려가 보이는데도, 제가 힘들까봐 취업 이야기 한번 꺼내지 못하십니다. 부모님은 이력서를 내고 매번 고배를 마실 때마다 제 모든 짜증을 아무 말 없이 너그럽게 받아주시고, 다음 날이면 다시 새 기운을 북돋아주십니다. 그리고 나에게 가장 현실적인 조언을 끊임없이 해주는 든든한 언니와, 취업 준비생 언니 때문에 많은 것을 양보해야 하는 막둥이 여동생까지.

사실 저는 그동안 제 자신만 생각하느라, 제 곁에 있는 가장 소중한 존재들을 잊고 있었습니다.

얼마 전 졸업식 때의 일입니다. 취업 걱정, 면접 걱정 때문에 사실 졸업식은 안중에도 없었습니다. 그냥 가지 않고, 나중에 학과 사무실에 가서 졸업장만 받아 올 생각이었습니다. 취업도 못해 교수님들 뵐 낯도 없었고, 취업에 전혀 쓸모도 없는 4년간의 배움이 은근히 한탄스러웠던지라 학교에 다시 가기도 싫었습니다.

졸업식 전날 저녁 무렵, 할머니께서 우리 집에 불쑥 찾아오셨습니다. 여든을 훌쩍 넘기신 할머니는 양손 가득 보따리에 곱게 싼 짐을 들고 오셨습니다. 얼른 받아 드니 어찌나 무거운지 어깨가 축 내려앉았습니다.

"할머니, 이게 다 뭐예요? 이렇게 무거운 걸 혼자 들고 오셨어요?"

"다 네 꺼다."

"이게 다 제 꺼라고요?"

"그래. 이 할미가 주는 대학 졸업 선물이야. 그래서 깜짝 놀래어주려고 전화도 안 했지. 어때. 성공한 거냐?"

그 모든 게 저한테 먹이려고 해오신 음식 꾸러미였습니다. 잘나지도 못한 손녀 때문에 그 먼 곳에서 버스를 타고 힘겹게 오셨을 것을 생각하니 감사함보다 죄스러움이 더했습니다.

할머니는 어머니 손을 잡고 부엌으로 들어가시며 저는 부엌에 얼씬도 하지 말라 엄명을 내리셨습니다. 그리고 잠시 뒤, 제가 좋아하는 떡이며, 나물로 한 상 차려진 밥상을 받았습니다. 그 상을 보는 순간 목이 메는가 싶더니 눈시울이 뜨거워졌습니다. 하지만 제 눈물을 보시면 할머니가 마음 아파하실 걸 알기에 떡으로 나물로 울음을 눈물을 꾹꾹 눌렀습니다. 그러고는 음식을 더 즐겁게 먹었습니다.

늦은 밤, 할머니께서 조용한 방으로 저를 부르셨습니다. 할머니는 한동안 제 두 손을 꼭 잡아주셨습니다. 할머니 손의 따뜻한 기운이 온전히 전해왔습니다. 그 순간은 마음이 그렇게 편안할 수 없었습니다.

"요즘 많이 어렵지? 취업이다 뭐다. 할머니도 뉴스 보니까 얼마나 힘든지 안다."

"괜찮아요. 다들 그러는데요."

저는 머쓱하기도 하고, 괜히 힘든 척하는 것 같아서 일부러 말을 얼버무렸습니다.

"그래도 이 할머니가 우리 강아지 졸업식은 꼭 축하해주고 싶어서 이렇게 왔다. 4년 동안 열심히 공부하고, 이제 그 결과를 얻은 것인데, 얼마나 기쁜 일이니. 할머니는 네가 이렇게 건강하고 밝게 자라준 것만으로도 고맙다."

"……"

저는 그 말씀에 차마 말을 이을 수가 없었습니다. 그동안 제가 했던 불평불만들이 모두 모두 다시 제 가슴으로 되돌아와 콕콕 찌르는 듯했습니다. 나를 이렇게 걱정해주는 가족이 있는데, 그걸 너무 무심하게 생각했다는 것도 깨닫게 되었습니다. 할머니와의 대화를 통해 내가 왜 내 꿈을 위해 계속 나아가야 하는지 깨달았습니다. 할머니는 그동안 열심히 했으니까 걱정하지 말라고, 모두 잘될 거라고 말씀하셨습니다.

그 말씀이 얼마나 큰 위안이 되었는지 모릅니다. 늘 스트레스 때문에 잠을 뒤척였는데, 그날 밤은 오랜만에 깊이 잠들 수 있었습니다. 그리고 다음 날 기분 좋게, 자랑스럽게 졸업식을 치렀습니다.

지금도 저는 꿈을 위해 노력 중입니다. 힘이 들 때면 할머니 얼굴을 떠올리며, 다시 한 번 용기를 북돋웁니다.

__정지영(여 · 23세 · 광주광역시)

'어머니'로 시작하는 편지

"밥 좀 주세요."

오전 열한 시 무렵, 밥도 없는데 큰아들이 불쑥 들어서며 밥을 달라 했다. 손에는 언제나처럼 과일이 가득 든 비닐봉지가 들려 있었다. 봉지를 받아 열어보니 달콤한 딸기 냄새가 콧속으로 냉큼 달려들었다.

"엄마 드리려고 예쁜 걸로만 고르느라 주인아저씨 눈치 좀 봤어요. 그러니까 제 정성이 괘씸해서라도 딸기 먼저 들고 하세요."

그러더니 알 좋은 딸기 몇 개를 골라 제 손으로 직접 씻어서는 기어이 내 입에 넣어주었다. 곧 결혼을 앞둔 큰아들이

95

직접 입에 넣어주는 딸기 맛이 새콤달콤한 게 여간 맛있지 않았다. 딸기를 오물거리며 "하여간 너는 밥이 그리 좋으냐" 하며 괜한 핀잔을 주는데도 아들은 그저 사람 좋게 웃기만 했다. 부리나케 쌀을 씻어 밥을 안쳐놓고 큰아이가 좋아하는 생선을 구워 밥상을 차렸다.

밥을 다 먹고 난 큰아이는 상견례 이야기를 꺼냈다. 그 참에 결혼식에 대해 이런저런 걱정을 털어놓자 큰아이는 자기가 다 알아서 할 테니 걱정하지 말라며 내 손을 꼭 잡았다. 그런 아들이 든든하고 고마웠다. 굳이 일일이 말하지 않아도 집안 형편을 잘 아는 아들이 최대한 내 부담을 덜어주고 싶어 한다는 걸 알고 있기 때문이다. 어쨌든 아직 쉰도 되지 않은 나이에 며느리를 들인다 생각하니 여러 가지로 생각이 많아졌다.

2년 전, 아들이 여자 친구를 처음 집에 데려왔을 때만 해도 이렇게 빨리 결혼하리라고는 생각지도 못했다. 그저 예쁘고 착해 보이는 아가씨 같아 아들과 잘 지냈으면 좋겠다는 마음뿐이었다. 그런데 올해 초 큰아이가 불쑥 결혼 이야기를 꺼내더니 어느새 꽤 진척돼 상견례 이야기가 오가기 시작했다.

아들과 모자 사이가 된 지 17년. 겨우 17년 엄마 노릇하고 며느리를 얻게 된 것이다. 그것도 아들이 따로 나가 산 지 4~5년이 되었으니 곁에 두고 거둬준 건 그보다 더 짧다. 아무리 생각해도 엄마 노릇을 제대로 못해준 것 같아 큰아들 결혼식을 앞둔 요즘은 자꾸 지난날 기억들이 떠오른다. 결코 평탄하지 않았던 세월, 정말 모질지 못했으면 살 수 없었던 날들이라 다 잊어버리고 싶지만, 그 기억 속에 고맙고 기특한 큰아들이 있기에 고이고이 가슴속에 간직해둔 옛일들.

큰아이는 내가 배 아파 낳은 자식은 아니지만 내게 사과나무 같은 그런 존재다. 20여 년 전, 첫 남편을 병으로 앞세우고 혼자되었을 때 친지의 소개로 지금 남편을 만나 재혼했다. 그때 남편의 두 아들은 중학생, 초등학생이었고, 나는 남의 자식들을 키운다는 게 어떤 건지도 모른 채 스물아홉에 두 아이의 엄마가 되었다.

남편도 나처럼 아이들 엄마를 병으로 먼저 보냈다. 처음에는 암으로 엄마를 잃은 아이들이 불쌍해 그저 잘해주고 싶은 마음뿐이었고, 내가 노력하면 모든 것이 잘될 줄로 믿었다. 그러나 얼마 지나지 않아 남편은 딴사람이 되었다. 사업을 한다며 나섰다가 돈 한 푼 없이 망해버린 남편이 삶에 대한 모든 것을 놓아버린 것이다. 설상가상으로 어느 날부터 둘째 아들이 내 지갑에 손을 대기 시작했다.

　남편은 날마다 술을 마시고 들어와서는 모든 스트레스를 내게 풀었다. 내 행동을 사사건건 트집 잡았고, 아이들이 잘못하는 것도 모두 내 탓으로 돌렸다.

　"당신이 애들한테 잘해 준 적이 있어? 물론 겉으로는 잘할 수 있겠지. 하지만 한 번이라도 아이들에게 진심으로 대한 적이 있느냐고! 그러니까 아이들이 빗나가지."

　나쁜 사람. 그랬다. 남편은 참 나쁜 사람이 되어갔다. 너무 힘들어 엉엉 소리내 울기라도 하면 가슴이라도 후련하련만, 아이들이 들을까 걱정돼 맘 놓고 울 수도 없었다. 그 모든 일이 내가 선택한 길이었기에 그저 참고 참다 결국 위장병까지 얻었다. 상황은 갈수록 나빠졌다. 월세가 밀리기 시작했고, 급기야 쌀통이 바닥을 드러낼 만큼 궁핍해졌다. 그제야 아무 일 않고 지내던 남편이 영업용 택시 운전 일을 시작했지만, 상황이 금세 좋아질 리는 없었다. 게다가 아이들까지 애를 먹였다. 둘째 아들은 나쁜 친구들과 어울리며 공부는 아예 뒷전이었고, 그때껏 문제 한 번 일으키지 않고 성실하게 생활하던 큰아들마저 가출을 했다.

　형식적인 것이 싫었던 나는 처음 아이들을 만났을 때 아이들에게 엄마라고 불러달라는 말을 하지 않았다. 그저 지내다 마음에서 우러나면 그때 그렇게 부르면 된다고 다짐을 주었다. 고맙게도 둘째 아들은 날 만난 지 한 달 만에 엄마라고 불러주었다. 하지만 큰아들은 달랐다. 병으로 세상을 떠난 엄마에 대한 기억이 더욱 애틋했던지 큰아들은 이렇다 할 반항도 하지 않았지만, 그렇다고 내게 곰살갑게 굴지도 않았다.

큰아들이 가출하고 첫날 저녁, 술에 잔뜩 취해 들어온 남편은 모두 내 탓이라며 무섭게 손찌검을 했다. 술김에 무슨 일을 저지를지 알 수 없었던 나는 다섯 살 난 막내아들을 두고 맨발로 집을 뛰쳐나오고 말았다. 물론 남편이 근본부터 나쁜 사람은 아니었다. 가난과 서로에 대한 갈등이 우리를 그렇게 궁지로 몰아갔던 것이다.

살아야겠다는 생각 하나로 뛰쳐나오긴 했지만 아무리 생각해도 내 몸 하나 누일 곳이 없었다. 결국 언니 집에서 하룻밤을 자고 다음날 다시 집으로 들어갔다. 남편은 미안하다며 다시는 그런 일이 없을 거라고 무릎 꿇고 매달렸다. 그러나 그 일은 내 마음에 커다란 생채기를 남겼고, 그때부터 아이들에게도 진심 어린 사랑을 쏟지 못했다.

가출했던 큰아들은 일주일 만에 아무 일 없었던 듯이 집으로 돌아왔고, 얼마 뒤 군에 자원입대를 했다. 큰아들 군 입대후 남편은 눈에 띄게 달라졌다. 그 좋아하던 술도 끊었고, 주변에서 건강을 걱정할 만큼 열심히 일했다. 그런데 하늘도 무심하게 교통사고를 당했고, 여러 차례에 걸쳐 큰 수술을 하면서 '나는 뭘 해도 안 된다'는 자괴감에 젖어 다시 술에 빠져 살기 시작했다. 다시 집 안에는 남편의 고함과 내 울음소리가 끊일 날이 없었다.

그 무렵 군에 간 큰아들이 내 앞으로 편지를 보내왔다. '어머니'로 시작하는 편지에는 아버지에게도, 동생들에게도 어머니는 꼭 필요한 사람이라며 언제까지나 우리 가족 곁을 지켜달라고 쓰여 있었다. 큰아들은 10여 년 만에 처음으로 '어머니'라는 이름을 주면서 내게 다시 일어설 수 있는 희망과 용기까지 안겨주었다. 그대로 주저앉을 수 없었다.

남편에게 기운을 북돋아주고 싶어 벌써부터 소원하던 개인택시를 마련해주었다. 다달이 월세를 내며 사는 힘든 형편이었지만, 눈 딱 감고 꽤 오래 부어오던 연금을 해약하고 은행 대출을 받으니 가능했다. 그 무렵 둘째도 오랜 방황을 접고 자신의 자리를 찾았다. 마침내 우리에게도 희망이 싹을 틔운 것이다. 제대한 큰아들은 복사기 회사에 임시직으로 취직했고, 성실함을 인정받아 얼마 뒤 정규 직원이 되었다.

"역시 우리 엄마가 해준 밥이 세상에서 제일 맛있어요!"

웃음 담긴 칭찬으로 내 어깨를 추어 올려주는 큰아들. 살아오면서 내가 힘들고 어려울 때마다 내 편이 되어준 사람은 언제나 큰아들이었다. 요즘 나는 또 다른 희망 하나를 키워가고 있다. 공부를 시작한 것이다. 3년 전 대입검정고시를 거쳐 대학교에 입학했고, 올해 어엿한 대학 3학년이 되었다.

"엄마, 이번 학기 장학금 받으시면 저 그걸로 신혼여행 보내주세요."

우리 큰아들은 역시나 이 엄마를 철석같이 믿어주는 제일 든든한 후원자다.

"아들아, 너도 언제나 기억해주렴. 힘들고 지쳐 쓰러지고 싶을 때 작은 가슴이지만 더 없이 큰 사랑으로 너를 보듬어줄 엄마가 있다는걸."

__정숙희(가명 · 여 · 44세 · 서울시)

희망을 품어야 할 시간이란, 절망이 우리 목구멍을 움켜쥐고 있을 때란다.
우리 자신을 추슬러야 하는 때라는 말이지. 희망을 품을 수 있는 능력이야말로
삶이 주는 최고의 선물 가운데 하나란다. 그러니 애야, 어떤 일이 일어나든지 간에
희망에 매달려야 한단다. 희망은 삶을 유지시켜주는 생기 가운데 하나거든.

| 그래도 계속 가라 中

그 겨울의 인력 시장

그날 신문 합격자 명단에 제 이름은 없었습니다.

작은 농촌 마을에서 태어나 이십 리 신작로 길을 초등학교 1학년 입학해 고등학교 졸업할 때까지 12년 동안 걸어서 통학했습니다. 도시락 쌀 형편이 안 돼 허기진 배를 물로 달래야 했고, 고등학교 때는 수업이 끝나고 집에 도착할 즈음이면 어느새 자정이 훌쩍 넘어 있곤 했습니다. 그래도 다시 새벽같이 일어나 힘찬 발걸음을 내딛으며 정말 악착같이 공부했습니다. 덕분에 지방 국립대 법학과에 장학생으로 입학할 수 있었습니다. 그때부터 서른여섯 살의 그날까지 사법고시 합격을 목표로 두고 딴 곳에는 눈길 한 번 주지 않고 앞만 보고 달려왔습니다. 하지만 그날 신문의 합격자 명단에 제 이름은 없었습니다.

그날 이후, 많은 날을 고시원 골방에 틀어박혀 허깨비처럼 천장을 뚫어져라 쳐다보다 잠이 들었습니다. 혼미한 정신에 오늘이 무슨 요일인지 바깥세상에서는 무슨 일이 일어나는지조차 알 수 없었던 그때, 꿈을 꿨습니다.

내 몸은 어린 시절로 돌아간 듯 작아져 있었고 감기에 걸려 신열로 괴로워하는 나를 위해 어머니께서 곁에 지켜 앉아 이마에 따뜻한 물수건을 얹어주셨습니다. 어머니는 나를 내려다보시며 인자한 미소를 지으셨습니다. 가만히 눈을 떴을 때 어머니와 잠깐 눈길이 마주치는가 싶었는데, 왠일인지 내 눈은 스르르 다시 감겼습니다. 그리고 어머니는 그 따스한 손으로 제 이마를 가만히 짚어주셨지요. 세상에 다시없는 평온함 속에서 저는 꿈속으로 빠져들었습니다.

다시 한참의 시간이 흐른 듯했습니다. '톡톡' 물방울 몇 개가 얼굴 위로 떨어지더니 곧 이마가 시원해졌습니다. '아, 어머니!' 힘겹게 눈을 떠보았습니다. 그런데 어렴풋이 아내의 모습이 보였습니다. 순간 나도 모르게 다시 질끈 눈을 감아버렸습니다. 세상에 대한 두려움 때문인지, 아내에게 미안해서

인지 그 순간의 감정을 저도 뭐라 설명할 수가 없습니다. 순간적으로 질끈 감긴 했지만, 다시 눈을 뜰 용기도 자신감도, 희망도 없었습니다. 그때 물방울인지 눈물인지 모르겠는 것이 뺨을 타고 흘러내렸습니다.

아내와 저는 아무런 말도 없이 밥상 앞에 마주 앉았습니다. 아내는 제 손에 수저를 꼭 쥐어주면서 차린 게 별로 없다면서 민망해했습니다. 참 오랜만에 맡아보는 음식 냄새였습니다. 고소한 달걀 프라이 냄새가 주책같이 콧속으로 확 달려들었습니다.

그날 밤 생각했습니다. 그리고 아내에게 말했습니다.

"뭐 하나 잘해주지도 못하고, 잘난 모습 하나 보여주지도 못하고, 10년 넘게 공부했는데 합격자 명단에 이름 석 자 한 번 올리지도 못하고. 당신한테 정말 면목 없다. 나같이 못난 사람한테 시집 온 그날부터 지금까지 손에 물 마를 날 없이 고생만 하고. 이 빚을 내가 어떻게 다 갚을지 모르겠어. 다음 생애 태어나면 나 같은 사람 만나지 마. 미안해."

"당신은 무슨 그런 말을 해요. 다시 시작할 수 있어요. 공부를 다시 시작하든, 아니면 다른 일을 시작하든. 10년 넘게 공부한 집념이면 못할 거 없어요."

아내가 싱긋 웃으며 말했습니다.

못난 남자는 다시 눈물을 글썽이며 사랑스러운 아내를 꼬옥 안았습니다.

다음 날 이른 새벽, 제 손을 꽉 부여잡고 잠든 아내의 손을 살며시 내려두고, 아내의 잠든 얼굴을 뒤로한 채 운동화 끈을 질끈 동여매고 인력 시장으로 향했습니다. 어두움이 채 가시지 않은 새벽, 자신이 세상에 존재하는 모든 빛인 양 자랑스럽게 양철통 안에서 타고 있는 장작이 저 멀리 눈에 들어왔습니다. 문득 길거리에서 만난 한 노인이 했던 말이 생각났습니다.

"추위가 제일 매서운 겨울 새벽녘에 인력 시장에 나가 있으면 마음까지 얼어버릴 것처럼 춥지. 하지만 양철통에서 활활 피어오르는 매캐한 연기 냄새를 맡으면 나도 모르게 절로 힘이 난다우."

연기를 타고 그 노인의 힘이 내게로 전해진 듯 불끈 힘이 솟았습니다.

고맙게도 일거리를 하나 잡아 어느 공사 현장으로 향하는 봉고차에 올라탔습니다. 얼마를 달리자 시간이 흘러 어느새 해가 붉게 타오르며 솟아올랐습니다. 그 해를 보며 생각했습니다.

'저 뜨겁게 타오르는 해처럼 다시 한 번 열정적으로 살아 보자. 밤이 어두운 건 해가 빛을 잃어서가 아니지 않은가. 단지 보이지 않을 뿐. 내 삶이 지금 온통 어둠뿐인 듯싶지만, 내일이면 다시 희망이 뜨겁게 타오를 것이다. 내게는 영원히 함께할 아내와 내 인생의 꺼지지 않는 희망인 아이들이 있지 않은가!'

그렇게 1년여 동안 저는 공사판에서, 아내는 식당에서 열심히 일했습니다. 우리 두 사람 누구 하나 지나온 시간을 돌아보며 푸념하지 않았습니다. 둘이 올곧게 희망찬 앞날만 생각했습니다. 저희 부부는 곧 다달이 세를 내는 방을 떠나 전세를 얻어 이사를 했고, 열심히 일하는 나를 눈여겨본 관리자 덕분에 자그마한 건설회사 공무담당자로 취업도 했습니다.

행복과 꿈은 그렇게 높은 곳에만 있는 것이 아니었습니다. 노력하고 땀 흘린 만큼 가슴 벅차게, 그리고 그만큼 아주 가까이 와주었습니다. 욕심 내지 않으니 작은 행복에 감사할 수 있었습니다. 그렇게 우리 가족은 지금까지 아주 정겹게 살아오고 있습니다.

어느새 아이들은 장성하여 모두 타지로 떠나고, 저희 부부는 귀농하여 농사를 지으며 살고 있습니다. 밤에는 평상에 아내와 마주 앉아 귀뚜라미 소리 안주 삼아 곡주 한잔씩 나누며 추억을 나누고 미래를 다시 가슴에 품곤 합니다.

내 인생 단 하나의 목표에 수많은 시간과 모든 것을 걸었다가 실패했을 때, 다시 일어설 수 없을 것 같았습니다. 눈앞에는 온통 어둠뿐이었지요. 그렇게 모든 것을 내려놓고 아래로 아래로 꺼져가던 저를 아내가 따스한 손길로 건져 올려주었습니다. 그때 제 곁에 아내가, 가족이 없었으면 어땠을까 생각하면 그야말로 캄캄합니다.

인생의 목표는 언제나 새로 정할 수 있는 것이었습니다. 그리고 사랑하는 사람들이 새 목표를 향해 나아가는 원동력이 되어주었습니다. 요즘 저는 틈틈이 법무사 시험을 준비하고 있습니다. 저는 아직 계속 달려가고 있으니까요. 그리고 제 뒤에는 영원한 내 편 우리 가족이 있으니까요.

__신영민(남 · 66세 · 상주시)

엄마는 두꺼비, 나는 아기 두꺼비

엄마는 두꺼비

나는 딸 두꺼비

우리는 두꺼비 모녀

엄마는 두꺼비

나는 딸 두꺼비

우리는 두꺼비 모녀

초등학교 시절 한 친구가 내게 말했다.

"새가슴, 새가슴."

나는 친구들이 왜 나를 보고 새가슴이라고 하는지 몰랐다. 그런데 그 말을 듣고 며칠 뒤 학교 운동장에서 참새 떼를 보았다. 여러 마리가 모여 앉아 흙을 쪼고 있는 참새들 곁으로 살금살금 다가가 가만히 보니 가슴이 볼록 튀어나와 있었다. 그래서 얼른 고개를 숙여 옷 속으로 내 가슴을 보았다. 정말 새가슴과 많이 닮아 보였다. 다만 그때 내가 놀랐던 건, 내 가슴보다 새 가슴이 더 예뻤기 때문이다.

내 가슴은 울퉁불퉁 뼈가 고르지 못했고 목부터 가슴 그리고 배꼽까지 가슴 앞쪽으로 밀크커피색 점이 덮여 있었다. 하지만 내 가슴에 비해 새의 가슴은 하얗고 그림에서 보았던 언덕같이 매끈했다. 참새의 볼록 튀어나온 가슴보다 내 가슴이 덜 아름다워 보였다. 너무 실망스러웠다.

신경섬유종에 척추 측만 그리고 뼈의 선천성 이상까지. 이 세 가지는 평생 나와 함께 살아야 하는 병이다. 초등학교 때 오른쪽 등에 있는 주먹만 한 혹을 제거하는 수술을 받았다. 그 점이 태어날 때부터 있었다는데, 그때는 아주 작은 점에 불과했단다. 그래서 아빠 엄마는 그저 점이려니 하시며 대수롭지 않게 생각하셨다. 그런데 점점 자라기 시작하더니 급기야는 보기 흉할 만큼 큰 혹이 되었던 것이다. 당시 가정 형편이 여의치 않았던 데다 어른들도 그저 혹일 거라 하시기에 병원도 가지 않았다. 그러다 병을 키우고 말았다.

결국 상황이 심각해져 초등학교 6학년 때 전세로 살던 방을 월세로 돌리고는 전셋돈으로 꽤 큰 수술을 받았다. 신경섬유종 제거 수술이었다. 그나마도 심장이 너무 좋지 않아 수많은 검사를 거치고 체력을 회복하는 여러 과정을 거친 다음에야 수술을 할 수 있었다.

여름 방학이 끝나고 학교에 갔더니 갑자기 내 등에 있던 커다란 혹이 없어진 걸 알고는 친구들이 무척 신기해했다. 어떤 친구들은 내 뒤로 살며시 와서 내 등을 슬쩍 만져보기도 했다. 전에도 내 혹이 궁금해 똑같이 그렇게 친구들이 만지곤 했는데, 그때마다 얼마나 마음이 상했는지 모른다. 하지만 이번에는 왠지 모를 뿌듯함과 자랑스러움에 어깨가 으쓱했다.

수술을 한 뒤 나는 더 밝은 소녀가 되었다. 어머니는 등에 있었던 신경섬유종을 더 일찍 수술해주지 않아 내 척추가 휘었다고 지금도 두고두고 속상해하신다. 또 때로는 학교까지 무거운 책가방을 메고 걸어다니느라 그렇게 됐다고 속상해하기도 하신다. 하지만 척추 측만은 신경섬유종에 따르는 합병증일 뿐 엄마 잘못은 전혀 없다.

신경섬유종은 몸에 아주 작게 혹처럼 올라오는 것인데 생길 때마다 병원에 가서 제거 수술을 하는 것 말고는 별다른 치료 방법이 없다. 몸에 작은 신경섬유종이 하나씩 생기는 걸 보면서 하루하루 살아가는 게 겁나고 여름에도 턱 바로 밑까지 오는 옷을 입어야 하는 게 여간 불편하지 않다. 하지만 그래도 나는 내 삶이 더없이 소중하다.

엄마 고슴도치는 온몸이 가시로 덮인 새끼 고슴도치가 귀엽고, 장미는 가시조차도 어여쁘다 하듯이 엄마와 나도 예쁘다고 하자. 그렇다. 예쁜 엄마 얼굴과 내 얼굴과 몸에는 혹이 올록볼록하지만, 그래도 우리 엄마와 나는 어여쁘고 귀한 두꺼비 모녀다. '쉿!' 아직까지 엄마한테 두꺼비 엄마라고 한 적은 없다. 그렇게 말했다가는 혼쭐이 날 게 분명하다. 아마도 엄마한테 두꺼비 엄마라고 한 것보다 엄마가 제일 사랑하는 딸한테 두꺼비 딸이라고 말한 걸 못 참아 하실 것이다. 왼쪽 정강이에 난 딸의 작은 혹을 진주 만지듯 어루만지는 우리 엄마시니까.

신경섬유종은 외할아버지에게서 유전된 것인데, 엄마는 외할머니를 외할아버지께 시집보내신 외증조할아버지를 늘 원망하며 사셨다.

"나는 우리 외할아버지가 제일 밉다. 그 다음은 우리 아버지. 너희도 내가 원망스럽지. 우리 외할아버지는 왜 우리 엄마를 아버지 같은 사람하고 결혼하라고 했는지. 그리고 우리 아버지는 왜 또 그 병을 물려받아 내게 물려주었는지."

엄마가 그런 말씀을 하실 때면 난 언제나 외할머니 생각이 난다. 호인이셨던 외증조부께서는 청년의 겉모습이 아닌 내면의 성품을 보시고 외할머니 뜻은 전혀 묻지도 않은 채 무작정 두 분을 결혼시키셨다. 평범하지 않은 청년과 딸을 결혼시킨 외증조부를 엄마는 끊임없이 미워했다.

외할머니는 자식을 일곱 낳았다. 네 명의 자식에게 아버지의 병이 유전되었고, 그 네 명 가운데 우리 엄마도 포함되어 있었다. 우리 엄마도 결혼을 했다. 엄마는 자식을 배에 품을 때마다 간절히 간절히 기도하셨다. 부디 병을 대물림하지 않게 해달라고. 하지만 엄마의 귀한 자식 셋 가운데 둘이 엄마의 병을 물려받았다.

"외할머니, 외증조할아버지께서 결혼하라 하신다고 어떻게 그 말을 그대로 따르셨어요. 엄마가 힘들어해요. 엄마 몸은 어떠해도 괜찮지만 자식에게 엄마 병이 유전된 건 못 참겠다고 하세요. 따를 말을 따르셨어야지요. 외할머니가 외증조

114

할아버지 말씀을 거역했다면, 엄마나 저희 같은 또 다른 희생자가 태어나지는 않았을 거 아니에요."

"은주야, 내가 그때 너희 외할아버지를 선택한 건 아버지의 강요 때문만은 아니었단다. 그냥 그 사람이 좋았어. 몸은 비록 그랬어도 눈이 참 선해 보였고, 잠깐 만났어도 마음씨가 참 따스하게 느껴졌지. 내 선택을 등 떠밀려 한 결혼이라고 말하지 말아라."

"그럼 할머니는 할아버지를 사랑하셨던 거예요?"

"그런 걸 요샛말로 사랑이라고 한다면, 그래 아마도 그런 것일 게다."

그때 할머니는 잠깐 말을 멈췄다가 이런 말씀을 하셨다.

"그래, 사랑. 주위를 보렴. 사랑으로 가는 길은 모두가 따뜻해. 비록 아픔이 있지만 따스해서, 그 따스함으로 그대로 좋지 않니?"

"하지만 할머니 저는 죽고 싶어요."

"그래, 죽고 싶으면 죽을 거니?"

"그럼 제가 이 몸으로 이렇게 살아요."

"그냥 살라고 하지 않았다. 너희 외할아버지도 살았고 너희 외삼촌들도 살았고 여자인 네 엄마도 살았다. 그 모습을 보면서 살아라. 네 외삼촌이나 네 엄마보다 너는 분명 괜찮지 않니? 거울을 봐. 괜찮지?"

오늘도 사진 속 외할머니께서는 나를 보며 사랑을 가르치신다. 얼마 전 왼팔을 다친 우리 엄마. 그 바람에 엄마 목욕하시는 걸 도와 드리며 어린 날 엄마가 내게 해주셨듯 몸 구석구석을 씻겨 드리고 있다. 오돌토돌 올록볼록 솟은 작은 혹들이 너무 많아 정말 두꺼비 같다. 하지만 우리 두꺼비 모녀는 더없이 큰 사랑으로 한데 묶여 있다. 그래 나는 살아야 한다. 대대로 물려받은 그 고귀한 사랑의 이름으로.

__서은주(여 · 32세 · 성남시)

날마다 조금씩 더

"자, 찍습니다. 웃으세요. 스마일."

"아이 참. 다시 한 번 찍을게요. 엄마 좀 웃어요. 김치."

엄마는 웃고 있다고 생각하셨지만, 엄마 얼굴에는 도통 웃음이라고는 없었다. 웃어보려고 애를 쓰는 입이 무색하게 눈은 언제나 슬픔을 떨쳐내지 못했다. 그리고 나는 너무 늦은 지금에야 비로소 사진 속 엄마의 슬픔을 느낀다.

젊은 날, 어머니는 아버지를 만나 결혼했고, 나를 포함해 세 명의 사내아이를 낳았다. 그때까지만 해도 어머니의 웃음은 아름다웠을 것이다. 어머니의 웃음을 앗아간 일은 내가 어머니 배 속에 있을 때 일어났다. 당시 여덟 살이던 큰형이 사고를 당했는데, 온갖 방법을 동원해 치료해보려고 무진 애를 썼지만 결국 정신장애를 얻고 말았다. 엎친 데 덮친 격으로 집안 형편이 안 좋아지면서 엄마까지 생활 전선에 뛰어들어야 했고, 결국 형을 재활원에 맡길 수밖에 없었다.

내가 자라면서 어머니는 입버릇처럼 말씀하셨다.

"큰형은 네가 배 속에 있을 때부터 너를 무척 사랑했단다."

그 사랑을 사고도 어찌하지 못했는지 큰형은 사고 이후 모든 것을 잊었으면서도 내 이름만은 잊지 않았다.

둘째 형은 집안 맏이 노릇을 해야 했기에 늘 어머니와 많은 대화를 나누며 의젓하게 성장했다. 미술에 소질이 있었지만 뒷받침해줄 여력이 없는 집안 형편 때문에 형은 미술을 포기했다. 그때부터 형은 공부를 하기 시작했는데, 하지만 공부를 잘할수록 공부에 드는 비용 역시 만만치는 않았다.

어머니는 내가 어릴 적 아동복 장사를 하셨다. 어두컴컴한 새벽, 늘 고속버스를 타고 서울에 물건을 하러 갔다가 아침에 다시 내려와서 장사를 하고 밤이 되어서야 집에 오셨다. 그렇게 하루 종일 일해도 버는 돈은 얼마 되지 않았다. 학교 소풍 때도, 운동회에도 나는 늘 혼자였다. 아들만 둘뿐이라 누구 하나 거들어주지 않는 집안 살림에, 아픈 형 뒷바라지에, 벌이도 얼마 되지 않는 고된 일까지……. 어머니 마음이 얼마나 캄캄했을까?

하지만 어린 나는, 그저 나와 함께 놀아주지 않는 어머니가 야속하기만 했다. 나는 늘 집에서 골칫덩이였다. 어렸을 때는 또래 아이들과 함께 있는 것이 무서워 집 밖으로 나가지 못했고, 사춘기 때는 '죽음'이라는 것이 너무 두려워 우울증에 시달렸다. 하지만 어머니는 한 번도 나를 나무라지 않으셨다. 새벽같이 일을 나갔다가 밤늦게야 돌아오시는 부모님에, 공부하기 바쁜 둘째 형. 그렇게 나는 유치원 때부터 혼자 집을 지켜야 했다. 그렇게 크다보니 성격이 점점 내성적으로 되었다면서 어머니는 늘 당신만 탓할 뿐 내게 싫은 소리 한 번 하지 않으셨다.

하지만 어리석은 나는 그런 어머니의 마음을 헤아리지 못하고 둘째 형에겐 장래에 대한 기대가 크고, 나는 일찌감치 포기했기 때문에 무관심한 거라고 생각했다. 나 혼자 키운 알 수 없는 열등감에 휘둘리면서 사춘기가 끝난 이후부터는 공부는 아예 손을 놓고, 놀기 좋아하는 친구들과 어울리면서 하루하루를 즐기는 데 써버렸다.

그리고 시간이 흐르고 흘러 2009년, 내 인생에 스물아홉

번째 나이테를 그었다. 며칠 전 책장 정리를 하다 사진첩을 발견했다. 한 장 한 장 넘기노라니 어머니 얼굴이 가슴에 화인처럼 박혀왔다. 어머니 사진은 몇 장 안 되었지만, 드문드문 찍은 사진마다 30년 세월이 가슴 아프게 묻어났다.

어머니는 웃으면서도 울고 계셨다. 함박웃음 건너편으로 미처 숨기지 못한 슬픔이 고스란히 배어나고 있었던 것이다. 나도 모르게 미처 훔치지도 못할 만큼 빠르게 눈물이 주르륵 흘렀다.

30년이라는 세월이 어머니에게는 과연 무엇이었을까? 한 자식은 사고로 정신 장애를 입어 시설에 맡긴 탓에 자주 보지도 못하고, 한 자식은 자신이 미천하여 공부를 잘했는데도 꿈을 펼쳐주지도 못하고, 또 다른 한 자식은 반항아가 돼가는데도 모두 당신 탓이라며 혼도 한번 내지 못하고.

그 가슴 아픈 인생이 어머니의 사진 몇 장 속에 담겨 있다 생각하니 가슴이 먹먹해왔다.

큰형 치료비와 수술비 때문에 고생고생하다 빚에 눌려 겨우 가구 몇 개 실어 서울에서 대구로 내려온 지 15년. 그동안 가슴이 까맣게 타버린 어머니. 그런 어머니께 늘 불효만 저지른 막내아들. 그래도 늘 같은 사랑으로 나를 품어주시는 우리 어머니.

하지만 아픈 세월은 어느덧 과거가 되고, 지금 우리 형제들은 각기 자리를 잡았다. 둘째 형은 의젓한 의사가 되었고, 나는 작년에 결혼도 하고 이제는 회사원으로 성실히 일하고 있다. 그런데 이번에는 어머니가 아프시다. 위암이란다. 행복이라는 감정을 느끼게 하기 위해 사람들에게 고통을 나눠준다는 하늘이 어머니에겐 유독 왜 이렇게 모진 것일까?

당신이 위암이라는 걸 알면서도 전혀 개의치 않고 어머니는 오늘도 자식들 먹을거리를 챙겨주기에 바쁘시다. 자신이 위암에 걸린 것도 큰형을 이렇게 만든 죄라 여기시고, 둘째 형과 내가 수많은 질곡을 겪고도 잘 자라준 건 또 큰형의 보살핌 덕분이라 믿는 어머니.

무작정 어머니를 데리고 아내와 함께 집 앞에 나가 카메라를 들었다. 내가 제일 사랑하는 두 사람을 찍고 싶었다. 어머니의 눈동자에는 여전히 슬픔이 배어 있었지만, 그 슬픔이 예전처럼 처량해 보이진 않는다. 내가 철이 들어서, 이젠 어머니께 효도라는 걸 좀 할 수 있을 것 같아서 그렇겠지.

2년 전 내가 회사에 처음으로 출근하던 날, 어머니는 작은 목소리로 혼잣말하듯 말씀하셨다.

"고맙다. 영균아, 고맙다."

순간 그 목소리가 어찌나 가슴 깊이 파고드는지 갑자기 눈물이 쏟아질 것 같아 얼른 "다녀오겠습니다!" 하고는 문을 닫고 나와버렸다. 그때부터 지금까지 참을 수 없을 만큼 힘든 순간이면 자꾸 그 목소리가 귓전을 울린다.

"고맙다. 영균아, 고맙다."

어릴 적, 식탁 의자를 밟고 부엌 싱크대에 올라가 밖을 보며 밤 10시가 넘어서도 들어오시지 않는 부모님을 목 놓아 울며 기다리던 생각이 난다. 눈물이 덕지덕지 붙은 채로 혼자 잠이 들지 않으려 무척이나 애를 썼던 그때. 잠이 든 건지 아닌지, 정신이 몽롱하던 그때에 어머니는 조용히 다가와 나를 토닥이며 노래를 불러주셨다. 노랫말도 곡조도 기억나지 않지만, 그 따스했던 손길과 사랑 가득했던 어머니의 목소리는 아직도 가슴에 살아 있다.

"어머니. 용서하세요. 죄송해요. 항상 사랑합니다. '다음'이나 '내일' 이라는 말 생각지 않고, 날마다 조금씩 더 어머니 사랑할게요. 모든 슬픔 다 내려놓고 웃음만 가득하시도록 이 막내아들이 노력할게요."

평생 자식들 생각만 하며 살다 몹쓸 병을 얻어 고생하시는 어머니. 하루하루가 아무리 고되고 힘들어도 나는 날마다 더 열심히 살아야 한다. 나는 우리 어머니를 웃게 해드려야 하는 막중한 사명을 완수해야 하기 때문이다.

__신영균(남 · 29세 · 대구광역시)

만일 우리가 여행하는 동안 역경도 잘 모르고 별다른 장애도 겪지 않는다면,
우리가 얻는 것이 무엇이든 간에 그다지 소중해 보이지 않을 것 같구나.
역경을 알지 못했다면 희망의 가치도 배우지 못했을 테지. 사람들이 정말로
알아야 할 것은, 하루하루가 새로운 기회가 될 수 있다는 점일 게다.
| 그래도 계속 가라 中

거친 삶에 맞선 한 걸음

2008년 8월 하계 졸업식 날, 나는 국문과 수석으로 단상에 올라가 상장을 받았다. 부모님과 친구들은 나를 무척 자랑스러워 하며 연신 사진을 찍었다. 수석 졸업도 기특하지만 학비까지 벌어가며 혼자 힘으로 공부한 터라 다들 놀란 입을 다물지 못했다.

솔직히 지난 2년은 무척 혹독한 시간들이었다. 등록금이 하늘 무서운 줄 모르고 뛰어오른 탓에 하루 평균 5시간 잠을 자면서 공부하고, 일을 해야 했다. 학비는 열심히 공부해서 장학금으로 해결하고, 도서비나 생활비는 아르바이트를 해서 번 돈으로 썼다. 지난 2년간 과외며 식당 서빙 등 안 해본 일이 없다. 시험기간에도 일을 안 할 수 없어 공부할 시간을 쪼개고, 잠을 줄여 과외를 했고, 아르바이트 때문에 모든 수업을 월요일에서 수요일까지만 신청하고 나머지 4일은 일을 했다. 그래도 나는 당당히 소리칠 수 있다. 그 시간들이 더없이 고맙고 즐거웠다고.

내가 이 시간들을 즐겁다고 표현한 데는 이유가 있다. 나의 이 '기특한' 졸업식을 더욱 빛나게 해주신 한 아주머니 때문이다. 졸업식 내내 그분을 떠올리며 감사의 마음을 새겼다.

2004년 겨울, 방학을 맞아 선배 소개로 야학에서 봉사활동을 시작했다. 사실 처음 얼마간 야학에 나갈 때는 남에게 뭔가 베푼다는 우쭐함으로 어깨가 으쓱했다. 그런데 그곳에서 그 아주머니를 만나면서 삶을 바라보는 눈이 달라졌고, 대학생활 4년이 알찬 결실을 맺을 수 있었다.

첫날, 야학에는 아이들만 있을 거라고 생각했는데 의외로 주부들이 많았다. 어머니뻘 되는 주부들을 가르치려니 부담스럽기도 했지만 한편 편안한 생각도 들었다. 전부 내 어머니라고 생각하면 되니까 말이다. 야학은 순수하게 공부를 더 배우기 위해 오는 분들도 있고 검정고시를 목표로 하는 분들도 계신다. 연령층도 다양하다. 그러나 공통적으로 자발적인 의지를 지닌 분들이기에 공부에 대한 열정이 굉장하다. 그 가운데서도 그 아주머니는 얼마나 열심히 하시는지 유독 눈에 띄었다.

그녀는 만 53세의 주부다. 강원도 어느 산골에서 태어난 그녀는 초등학교 5학년 때 아버지가 돌아가시는 바람에 중학교 진학의 꿈을 접어야 했다. 아버지를 대신해 동생들의 학비를 마련해야 했기 때문이다. 그 즈음 그녀에게 글을 쓰고 싶다는 꿈이 생겼다. 그래서 형편이 되면 언젠가는 대학이라는 곳에 들어가 공부하고 싶다는 바람을 가지고 살아왔다.

그러나 세월이 흘러 결혼을 하게 되고 아이가 생기자 가족들을 챙기느라 공부할 기회가 좀처럼 찾아오지 않았다. 그러다가 시어머니가 돌아가시고 아이들도 중학생이 되자 그녀는 지금이 적당한 때라고 생각하며 설레는 마음으로 공부할 준비를 했다. 우선 중학교 검정고시를 위해 집 가까운 야학에 입학했고 교과서와 학용품도 마련했다.

그러나 그 뜻이 미처 하늘에 닿지 못한 것일까? 혹독한 시련이 그녀의 운명을 가로막았다. 야학에 한 번 나가보기도 전에 남편이 교통사고로 세상을 떠난 것이다.

운명은 너무나 가혹했다. 꿈을 이룰 수 없다는 현실도 고통이었지만 당장 눈앞에 아버지를 여읜 두 딸이 너무나 걱정되었다. 한참 예민할 나이에 갑작스러운 사고를 받아들일 수 있을지, 또 앞으로 혼자서 아이들을 어떻게 키울지 모든 것이 너무나 막막해서 아무 생각도 할 수 없었다. 그녀가 담담히 내게 한 말이 지금도 잊히지 않는다.

"남편이 죽고 난 뒤 우리 애들 생각에 밤에 잠도 못 자고 내내 울기만 했어. 그리고 얼마 지나지 않아 바로 든 생각이 뭔지 알아? 이기적이게도 이제 더 이상 내 꿈과 인생을 위해 살 수 없겠구나, 하는 마음이었어. 아이 엄마라는 게 그 와중에 그런 생각을 했다니 웃기지?"

의연하게 이야기하는 그녀의 눈을 보는데 갑자기 내 마음이 뜨거워졌다. 결국 눈시울을 붉히는 나를 보고 그녀는 괜한 말을 했다며 선생이 제자 앞에서 울면 어떻게 하냐고 되려 나를 다독여주었다.

나는 그런 삶을 살아보지 않아서 감히 상상도 할 수 없다. 고등학교를 졸업하고 순조롭게 원하는 대학에 들어가 하고 싶은 공부를 하면서 편히 지내는 내가 어떻게 그녀의 삶을 이해할 수 있겠는가. 그러나 그 느낌이 어떤 것인지만은 알 것 같았다. 게을러서, 혹은 재능이 없어서 꿈을 포기하는 것과는 분명 다를 것이다. 나의 길을 나 혼자만의 생각으로 결정할 수 없다는 것. 사랑하는 가족을 위해 자신의 꿈은 접어야 했던 그녀를 보며 참 '착하고 끈질기고 아름다운 사람'이라는 생각이 들었다.

남편이 세상을 떠난 뒤 그녀의 삶에는 실제로 돈을 버는 것 외에 다른 무엇도 없었다. 대학은커녕 중학교도 졸업하지 못한 그녀가 할 수 있는 일이 무엇이었겠나. 식당에 들어가 설거지를 하거나 파출부, 간병인 등의 생활을 전전하면서도 늘 빠듯한 살림에 시달리며 살아야 했다. 그렇게 혼자 힘으로 두 딸 모두 대학을 졸업시켰다.

그러나 내가 놀란 것은 그녀의 척박한 운명도, 생활전선에 맞선 그녀의 억척스러움도 아니었다. 진정 내가 감탄한 것은 아직까지 그녀가 꿈을 잃지 않고 있다는 것이었다. 초등학교 때 아버지가 돌아가시고 조심스레 품었던 꿈. 그 꿈을 40년이 다 지난 오늘에까지 소중히 간직하고 있다는 것이 놀라울 따름이다.

나와 처음 인연을 맺었을 때는 이미 중학교 검정고시를 통과하고 다시 고등학교 검정고시를 준비하던 때였다. 어찌나 무섭게 공부하는지 어떤 날은 내가 집에서 따로 공부를 해와야 할 정도였다. 그래도 하나라도 더 배우겠다고 두 눈 부릅

뜨고 있는 그녀에게 소홀히 할 수는 없는 일, 나도 최선을 다해 그녀를 도왔다. 그녀는 낮에는 식당에서 일하며 생활비를 벌고 밤에는 야학에 나와 공부하는, 그야말로 주경야독을 했다. 그러기를 1년 2개월. 드디어 고등학교 검정고시에 합격했다.

그녀가 합격 통지를 받은 날을 잊을 수 없다. 합격자 발표날, 그녀 못지않게 떨리는 마음으로 결과를 기다렸던 나는 수업은 듣는 둥 마는 둥 허겁지겁 야학으로 달려갔다. 이미 합격 소식을 듣고 사람들의 축하를 받고 있는 그녀는 해냈다는 성취감과 야학 사람들에 대한 고마움, 지난날의 서러웠던 기억들 때문에 상기된 얼굴로 기뻐하고 있었다. 그녀는 이제 그동안 억누르고 있었던 꿈에 한 발짝 다가선 것이다. 그녀의 기쁨과 희열을 어떻게 글로 다 표현할 수 있을까.

나 역시 2년 가까이 야학에서 생활하며 배우고 느낀 것이 많다. 부족한 지식을 나누는 입장에서 오히려 더 많은 것을 얻다니 아이러니하다. 그 가운데 지금까지 내 가슴 한편에 묵직하게 자리 잡은 것이 하나 있다. 사람은 얼마나 빨리 가느냐보다 어느 방향으로 가느냐가 더 중요하다는 것. 평범하지만 그녀를 만나지 않았다면 결코 깨닫지 못했을 교훈이다.

살다보면 때로는 먼 길을 돌아가거나 한자리에 오래 멈추어 서 있어야 할 때도 있다. 그러면 답답하고 초조하겠지만 그렇다고 길을 잃은 것은 아니니 걱정할 필요 없다. 기약 없고 막막한 항해에서 매순간 어디로 향해야 할지 내 자신은 잘 알고 있을 테니 말이다. 저 멀리 등대의 불빛이 보인다. 거센 파도가 뱃머리를 엉뚱한 곳으로 돌려놓았다고 해서 길을 잃을 것인가? 혹은 연료가 떨어졌다는 핑계로 거기 그 자리에 영원히 머물러 있을 것인가?

다만 꿈이 손짓하는 곳으로 한 걸음 더 내딛을 뿐이다. 꿈을 잃지 않는 한 인생에서 길을 잃을 일은 없다. 인간은 연약하고 삶은 험하지만 거친 삶에 맞서 내딛는 한 걸음의 용기는 결국 우리를 꿈에 이르게 할 것이다.

40년이라는 긴 세월을 돌아왔지만 변명도 불평도 없이 고스란히 삶을 인내한 그녀를 생각하면 온몸의 피가 들끓으며 삶에 대한 욕구가 용솟음친다. 아직도 당신이 처한 현실이 마음에 들지 않는다면 주위를 한번 둘러보라. 당신이 얼마나 행복한 사람인지 알게 될 것이다.

__고재필(남 · 30세 · 대구광역시)

나는 아빠의 희망이다

곤지암. 경기도 광주시에 위치한 자그마한 리[¹] 단위 마을로, 경치도 좋고 공기도 맑은 데다 소머리국밥으로 유명한 자랑스러운 나의 고향이다. 나는 그곳에서 중학교까지 공부하면서 상위권을 놓치지 않을 만큼 성적이 꽤 좋았다. 덕분에 해를 거듭할수록 더 큰 하늘을 바라보며 꿈을 키웠고, 다행히 경기도 분당에 있는 한 외국어고등학교에 어렵지 않게 입학했다.

중학교 졸업식 날, 드디어 하늘을 딛는다는 설렘으로 어깨에 힘이 잔뜩 들어갔다. 하지만 곤지암이라는 작은 우물과 성남이라는 하늘은 너무나도 달랐다. 죽을힘을 다해 뛰어넘어야 할 차이는 생각지도 못하고 하늘을 디뎠다는 기쁨에만 충만해 있던 나는, 얼마 안 있어 결국 하늘에서 추락하고 말았다.

첫 시험 결과는 잔혹했다. 항상 평균 95점대를 웃돌던 점수가 50점대로 곤두박질쳤다. 그때부터 모든 수업이 재미없어졌다. 약간 흥분을 느낄 정도로 들떠 말을 많이 하던 영어 시간에도 아예 입 한번 열지 않는 날들이 많아졌다. 공부도 공부였지만, 아이들에게도 선뜻 마음을 열지 못한 탓에 마음 터놓을 수 있는 친구 한 명 제대로 사귀지 못하고 늘 외톨이로 지냈다. 그렇게 나는 우리 반에서 '공부 못하는 애'로 낙인 찍혔다.

중학교 시절, 전교 1등으로서 누렸던 많은 일들은 이제 만질 수 없는 별이 되어 먼 하늘로 사라졌다. 시간이 지날수록 상상도 못했던 일들과 익숙해지기 시작했다. 수준별 이동수업에서 학력이 낮은 반에 배정되었고, 성적표에는 온통 60~70점이 가득했다. 처음 곤두박질친 성적표를 받았을 때의 충격도 아득한 옛날 일인 양 기억조차 나지 않고, 그저 아무렇지 않았다. 점점 더 내 한계가 여기라고 나 스스로를 정당화했다. 아무것도 하지 않으면서 할 만큼 한다고 우기면서 잠을 자고 아침에 눈을 떴다.

물론 시험기간에 공부를 하긴 했지만, 다른 아이들의 노력에 비하면 그건 그냥 책을 들고 다니는 수준에 불과했다. 내 삶에서는 성취감에서 오는 기쁨과 노력이라는 이름의 열정 그 모든 것이 잊혀갔다. '곤지암 우물'에서 뛰쳐나오기에 나는 너무 함량 미달이었다. 아무래도 다시 우물로 돌아가 높이 뛰는 연습을 더 해야 할 것 같았다.

매일 아침 버스 타는 곳까지 배웅해주시는 엄마와 밤마다 피곤에 지친 몸을 이끌고 통학버스 서는 곳으로 나를 데리러 와주시는 아빠 얼굴이 자꾸만 떠올랐지만, 그보다 내가 먼저 살고 봐야겠다 싶었다. 이번 경주에서는 기권을 하자고 나 혼자 결정을 내렸다. 이제 용기를 내서 부모님께 그 사실을 알려야겠다고 다짐했다.

그때 즈음이었다. 통학버스에서 내렸는데 아빠가 아니라 엄마가 나를 기다리고 계셨다. 엄마는 나를 태우고 우리 집이 아닌 다른 방향으로 차를 몰아가시더니 한 버스정류장에 차를 세우셨다.

"여기서 조금만 기다리자. 아빠가 약주를 많이 하셔서 친구 분이 여기까지 모셔다주기로 하셨어."

잠시 뒤, 술에 잔뜩 취한 아빠가 친구 분의 부축을 받으며 우리를 향해 걸어오셨다. 흐트러진 아빠 모습에 불쑥 화가 났다. 내게 누구보다 큰 존재인 아빠가 다른 사람 앞에서 망가진 모습을 보이는 게 부끄럽고 싫었다. 그래서 엄마가 아빠를 부축하려고 달려나가는데도, 뒷문이 열리고 엄마가 아빠 친구 분과 함께 아빠를 뒷좌석에 힘겹게 태우는 것도 그저 지켜보고만 있었다. 그러고는 못 이기는 척 그 친구 분께 인사를 했다. '왜 이렇게 술을 많이 먹였냐'는 원망을 가득 담은 말투였다. 그런데 내 퉁명스런 말투에 아랑곳하지 않고 아저씨는 상기된 얼굴로 나를 아는 체하셨다.

"네가 입경이구나. 네 아빠에게 얘기 많이 들었다. 외국어고등학교에 다닌다고? 요즘 네 아빠가 그거 자랑하는 맛으로 회사에 다닌다. 나도 얼마나 많이 들었는지 귀에 딱지가 다 생겼어. 허허허. 열심히 해라. 네 아빠가 요즘 너만 보고 살고 있는 거 알지?"

술에 취해 몸도 못 가누시면서도 아빠는 그 말을 어찌 알아들으셨는지 자랑이 잔뜩 묻어나는 얼굴과 손짓으로 아니라며 짐짓 목소리를 높이셨다. 그러면서 내 칭찬을 몇 마디 더 덧붙이셨다. 하지만 아무 소리도 알아들을 수 없었다. 아저씨가 하신 말씀이 머릿속을 가득 채웠기 때문이다.

'외국어고등학교에 다닌다고? 네 아빠가 그거 자랑하는 맛으로 회사에 다닌다. 네 아빠가 요즘 너만 보고 사신다.'

다 포기하고 싶었는데, 다 내려놓고 다시 우물로 돌아가고 싶었는데, 그런 나를 자랑스러워하신다니! 아빠가 장녀인 내게 기대가 크시다는 걸 이미 알고는 있었다. 하지만 그 사실을 언제나 모른 척 외면하고 있던 게 사실이다. 그랬는데, 더 이상 물러설 수 없는 절벽에 서 있는 그때 하필 그 사실을 상기시키다니!

순간, 아빠가 나를 위해 아무 보람 없는 희생을 하고 계시다는 생각이 들었다. 못난 딸을 위해 젊음과 자존심까지 망설임 없이 버려가며 세상에 이리 채이고, 저리 채이는 안타까운 아빠. 뒷좌석에서 아무것도 모른 체 잠들어 계신 아빠를 바라보다 갑자기 눈앞이 아득해지며 언젠가 느껴본 적 있던 까마득한 마음의 고독이 찾아들었다. 바로 태산에서의 기억이 떠오른 것이었다.

2년 전 여름, 경기도 광주시와 중국의 쯔보시 교류 학생단에 뽑혀 시 후원을 받아 3주간 중국에 갔다 왔다. 태산을 등반하던 날 아침, 비가 부슬부슬 내리는 데다 날은 덥고, 습기도 가득했다. 그야말로 최악의 날씨에 끝을 알 수 없는 계단을 오르기 시작했다. 처음, 태산의 높이를 몰랐던 우리들은 누가 빨리 올라가나 시합도 하며 장난삼아 산을 올랐다. 하지만 가도 가도 계단은 끝날 줄을 몰랐다. 수다스럽던 아이들도 점점 말이 없어졌다. 함께 걸으면 덜 힘들 거라며 서로서로 떨어지지 않던 애들도 점차 하나하나 뒤처지기 시작했다. 길은 오로지 위로 뻗은 계단뿐이었다.

저기가 끝인가, 하고 올라가보면 역시 보이는 것은 끝없이 하늘로 솟은 돌계단뿐이었다. 혼자 걷다가 친구를 만나면 함께 걸었다. 내가 뒤처지면 친구는 혼자 앞서갔고, 친구가 뒤처지면 나 혼자 앞서 걸었다. 어떤 아이들은 울면서 주저앉아 한참을 일어나지 않았다. 그래도 또다시 일어서 정상을 향했다. 그렇게 걷는 우리들 마음속에는 단 한 가지 소망이 있었다. '정상에 오르고 싶다.' 주저앉아 울던 아이들도 결국 혼자 일어난다. 그러고는 마음먹는다. 딱 한 걸음만 더 가자. 저기 보이는 저 계단 끝까지만 가보자.

산중턱 상점이 있는 지점을 지나자 계단이 더 미끄러워지고 좁아졌다. 한번 잘못해서 계단 밑으로 떨어지면 그대로 데굴데굴 굴러 떨어질 정도로 위험한 길이었다. 후들거리는 다리로 멈춰 서서 뒤를 돌아보니 밑이 아득하니 끝이 아예 보이지 않았다. 내가 저 많은 계단들을 올라왔다는 게 믿기지 않았다. 다시 정상을 향해 몸을 돌렸다. 너무 힘들어 기어가기도 여러 번이었다.

'한 계단만 더. 딱 한 계단만 더!'

마침내 정상! 태산의 정상은 진정 하늘이었다. 내가 하늘을 넘었다. 구름이 위로하듯 내 발을 감싸 안았다.

'딱 한 걸음만 더, 계속 가자.'

더 욕심내지 않고 딱 한 걸음. 덕분에 나는 태산에서 하늘을 넘었다. 그토록 혹독하게 얻은 교훈을 그동안 어떻게 잊고 있었을까?

술에 취해 오랜만에 달게 잠든 아빠의 코고는 소리가 마치 즐거운 노래처럼 들려왔다. 그래, 한 걸음만 더 가자. 지금은 내 손을 잡고 이끌어줄 아빠와 엄마도 함께 계시지 않은가? 2학년이 되면 분명 지금보다 더 힘들 것이다. 그래도 포기하지 말자. 주저앉아 울더라도 다시 우물을 생각하지 말자. 아빠 엄마와 함께 걸어온 지난 길을 돌아보며 보무도 당당하게 한 걸음 한 걸음 힘차게 내딛자.

__선우입경(여 · 18세 · 광주시)

그 사내의 발돋움

여섯 번째 낙방이었다. 꽤 쓸모 있는 글재주를 가졌다고 칭찬
해주셨던 초등학교 은사님이 불현듯 뇌리를 스쳤다. 다 그분
때문이라고, 그분이 그런 '빈말'만 하지 않았더라도 이런 되
지도 않는 일에 10년을 매달리지는 않았을 거라고 황당한 오
기까지 부리며 분을 돋우고 있었다. 버스정류장 언덕에 다다
랐을 때, 결국 나는 10년을 쏟아 부은 글 쓰는 일을 그만두기
로 마음먹었다.

'졸업만 하면 어디 국어선생 자리 정도는 갈 수 있을 거
야. 그런데 뭣 하러 이 고생을 해. 정말 글은 죽어도 다신 안
쓴다.'

양쪽 아래로는 번잡한 시내였지만, 내가 서 있는 꼭대기 버스정류장은 이상하게도 한적했다. 두 공간은 하나이면서 분위기는 완벽하게 달라 신비롭기까지 했다. 그러다 문득 아래에 보이는 번잡함이 갑자기 아찔하게 무서워졌다. 아마도 나를 버티게 했던 자신감이 나를 버리고 달아나면서 남긴 무력감인 듯했다. 무기력한 표정으로 앞을 바라보니 낮은 건물 사이로 석양이 지고 있었다.

그때였다. 길 건너편 쪽에서 한 사내가 횡단보도를 건너려고 서 있는 것이 눈에 띄었다. 그 사내는 한눈에 봐도 몸이 꽤 많이 불편해 보였다. 남루한 옷차림에 세상사에 찌든 얼굴이 보기에도 안쓰러웠다. 굽은 몸이 더 오그라들어 유연한 구석이라곤 아무리 봐도 없었지만, 왠지 모르게 강인한 인상이었다.

대수롭지 않게 나는 그 사내 뒤로 지고 있는 석양을 바라보았다. 반쯤 내려앉은 석양이 도심에서 쉽게 찾을 수 없는 고즈넉함까지 느끼게 해주었다. 시간이 지나 신호등 불이 바뀌었다. 간간히 지나가던 차들이 서고, 그 사내는 발을 땅에서 뗐다.

하지만 그 사내는 좀체 그 자리를 벗어나지 못했다. 분명 그는 발을 들어 앞으로 내딛고 있었다. 보통 사람들보다 더 빠르게. 하지만 앞으로 나아가는 속도는 거의 눈에 띄지 않을 정도로 짧은 거리였다. 그 모습이 어찌나 우스꽝스럽던지 마치 개그맨들이 사람들을 웃기려고 애쓰는 그런 모습 같았다.

하지만 나는 관객처럼 웃을 수가 없었다. 아니 오히려 더 진지해졌다. 지는 석양과 양쪽으로 멈춘 차들 그리고 그의 힘 겨운 걸음 걸음이 꼭 정지된 그림인 것만 같아 눈을 뗄 수가 없었다. 아무 소리도 들리지 않았고, 오직 그 사내의 발걸음, 그 발돋움만이 내 시야를 가득 채우고 있을 뿐이었다. 그 사 내는 아주 힘겹게 하지만 노력에 비해 성과는 보잘것없는 그 걸음을 계속 걷고 있었다. 이윽고 신호등 불이 바뀌었고, 그 정지된 그림은 다시 움직이는 화면으로 바뀌었지만 그의 그 발돋움은 계속되었다.

또다시 초록 신호등. 그는 아직도 그 발돋움을 하고 있었 다. 너무나 진지하게 그리고 열심히 그는 걷고 있었다. 하지 만 그에게 중력은 이겨내기에 너무나 버거운 상대였고, 그렇 게 몇 번 신호등이 더 바뀌고서야 그는 내가 있는 쪽으로 건 너올 수 있었다. 그는 많이 지쳐 보였다. 온 얼굴이 땀범벅이 었다. 하지만 그는 걸음을 멈추지 않았다. 잠시 숨을 고르고는 다시 걷기 시작했다. 헛발질처럼 보이지만 그는 분명 걷고 있었고, 신기하게도 조금씩 자신이 원하는 곳으로 가고 있었다.

머릿속이 하얘지는 것 같았다. 그 사내와 나는 말 한마디 나누지 못한 완벽한 타인이오, 더군다나 내가 장애인이나 사회 약자를 사랑하는 마음이 남보다 더 깊은 것도 아니었다. 그런데 그때 그 사내의 발돋움이 너무나 가슴에 사무쳤다. 갑자기 머릿속에 있던 스프링이 튕기듯 현기증이 났다. 귓가에서는 때 아닌 매미 소리가 들렸다. 알 수 없는 일이었다.

나는 그가 그토록 열심히 보통 사람이 걷는 것과 똑같이, 아니 오히려 더 빠르게 다리를 움직이면서도 앞으로 성큼성큼 나아가지 못하는 것이 참으로 이상했다. 보기보다 더 몸이 불편한 분인 듯했다. 자세히 보니 그가 거의 움직이지 않는 듯 보였던 것은 그의 몸 전체가 앞을 향해 나아가지 않았기 때문이었다. 다리만 움직인다고 해서 앞으로 나아갈 수 있는 게 아니다. 몸은 앞으로 가지 않고 발만 들었다 놓았다 하는 건 결국 제자리걸음밖에 되지 않는다. 앞으로 나아가기 위해서는 다리와 함께 몸 전체를 앞으로 움직여야 가능한 법이다. 그런데 그는 몸이 불편한 터라 다리를 열심히 움직이는 만큼 몸을 앞으로 움직일 수가 없었던 것이다.

스치듯 지나면서 보기에는 그저 제자리걸음만 하는 듯 보이겠지만 유심히 보면 분명 그는 조금씩이나마 앞을 향해 움직였다. 만약 그가 중간에 걷기를 멈추고 말았다면 차가 쌩쌩 달리는 도로 한복판에서 난처한 것은 물론 불쌍해지기까지 했을 것이다. 그건 바로 패배자다. 하지만 그는 멈추지 않았고, 신호등이 몇 번이나 바뀌기는 했지만 결국 길게만 보이던 그 횡단보도를 다 건넜다. 그 모습은 사실 비장해 보이기까지 했다. 바로 그것이다. 비록 그것이 남들에게는 너무 느린 듯 보일지라도 아주 느린 걸음일 뿐 결코 멈춰선 것은 아니다. 그리고 포기하지만 않는다면 영원히 패배자는 아니다. 다만 아직 걷고 있을 뿐이다.

그때 생각했다. 나는 과연 내 꿈을 위해 온 힘을 다해 노력했을까? 아니다. 그 사소하고 보잘것없어 보이는 걷는 일 하나조차도 온몸을 다 써야 하는데, 나는 내 꿈을 이루겠다면서 고작 머리와 손만으로 해보려 했다. 온몸과 온 힘을 다하지 않고서는 꿈은커녕 어떤 일도 할 수 없다는 것을 깨달았다. 그리고 나는 이제 겨우 걸음마를 뗐으면서 당장 달리기를 원했다. 그러면서 조바심하고 힘겨워했다. 조금씩 아주 느리게 가고 있으면서 헛발질을 한다고 생각한 것이다. 그리고 쉽게 포기하고 패배자가 되길 스스로 자초하고 말았다.

얼마 전, 나는 일곱 번째로 신춘문예에서 낙방했다. 가슴이 쓰리고 포기하겠다는 말이 목구멍까지 차올랐다. 하지만 이내 마음을 다잡았다. 그날 이후 '포기'라는 말이 고개를 들 때면 그때 그 석양빛에 녹아내리듯 서 있던 사내를 떠올린다. 그리고 그는 내게 채찍질이 돼 돌아온다. 나는 결코 헛발질을 하고 있는 것이 아니다. 다만 아주 작고 작은 걸음으로 가고 있을 뿐이다. 비록 작지만 온몸의 힘을 기울인 걸음으로 말이다. 그러기에 내게 절대 포기란 없고, 내 걸음은 계속될 것이다.

__이민진(여 · 25세 · 대구시)

인생이란 한 번에 한 걸음씩 걸어가는 여행이란다. 때로는 쉬울 때도 있지만, 우리의 여정에서 힘든 경우가 너무 잦지. 그래도 그렇게 한 걸음씩 내딛으면서 이 여행을 이루어 나가야 해. 어쩌면 삶의 비결은 끈기 있게 버티면서 제 길을 가는 것이 아닐까 하는 생각이 드는구나. | 그래도 계속 가라 中

롤러코스터와 같은 내 마음

12월의 추운 겨울 새벽, 무언가에 홀린 듯 한강 둔치 공원을 내달렸다. 강을 따라 서쪽으로 서쪽으로 뛰다보면 아침이 밝아오고, 그대로 가다보면 넓은 바다를 만나 더 멀리, 더 넓은 곳으로 떠날 수 있을 거라 생각했다. 나처럼 조울병을 앓는 사람에겐 그다지 놀라운 일도 아닐 것이다.

오래전 일이다. 방 안에 앉아 멍하니 창을 바라보던 그 순간 유리는 녹아내리고 석양이 온통 핏빛으로 변했다. 언젠가부터 귓가에서 중얼거리던 작은 목소리는 이내 커져 내 귀청을 때렸고, 오래전 돌아가신 아버지는 단조의 음악을 흥얼거리며 내 앞에서 춤을 춰댔다. 극심한 환청과 환각의 혼란. 나는 비명조차 내뱉지 못하고 눈을 감아버렸다. 그렇게 모든 것이 사라지길 기다릴 뿐이었다. 다시 눈을 떴을 때는 환청도 환각도 모두 사라졌지만 양쪽 손목의 짙은 흉터는 사라지지 않았다.

내 병명은 양극성정동장애, 일명 조울병이다. 조울병이란 조증과 울증이 반복적으로 나타나는 병을 말한다. 조증의 일반적인 특징은 잠이 없어지고, 말이 많아지며, 생각이 많아진다. 경미한 조증의 경우 삶의 활력이 되기도 하지만 나처럼 극심한 경우에는 환청과 환각 그리고 과대망상에 빠진다. 한강을 미친 듯 뛰던 것 역시 그 증상 가운데 하나였다.

하지만 누구에게도 내 증상을 말하지 못했다. 치료를 위해 정신과를 다닐 때도 최대한 남의 눈을 피하려고 애를 썼다. 그러나 내가 피하려고 했던 것은 타인의 시선이 아닌 편견이었다. 정신과를 다녀오면 위험한 인물로 보는 사람들의 편견, 세상의 편견. 팔이 부러지면 정형외과에 가서 깁스를 한다. 눈이 아프면 안과를 찾고 이가 아프면 치과에 간다. 그런데 왜 사람들은 정신과에 대해서만은 유독 그렇게 편견을 가지는지 모르겠다.

발작과도 같은 우울증이 시작되면 나는 두려움과 고통으로 절망했다. 우울증은 울부짖는 내 입을 틀어막은 채 끝도 없는 어둠 속으로 나를 밀어 넣었다. 그래도 살아야 했다. 살고 싶었다. 자살을 시도할 만한 것들은 모두 방 밖으로 치우고, 혹시라도 창문으로 뛰어내릴까 싶어 청테이프로 창문을 막아버렸다. 하지만 그러고도 무려 세 번이나 자살 시도를 했다. 알아야 한다! 이것은 병이다! 무지한 사람들은 우울증이 마음의 병이라며 의지가 약해서 생긴다고 말한다. 허나 이 병은 명백한 뇌 질환으로 약물 치료와 적절한 상담을 필요로 한다.

어떤 사람들은 의지가 약해서, 마음이 약해서, 참을성이 부족해서 내가 우울증을 앓고 있다고 말했다. 하지만 나는 청소년 시절 10년 동안 축구선수로 생활하며 고통에 대한, 두려움에 대한, 슬픔에 대한 인내를 배워왔다. 오히려 나는 남들이 미련하다 할 만큼 잘 참아내는 편이다. 그러나 우울은 의지와 인내로 해결되는 것이 아니다. 그것은 늘 내 주변을 맴돌다가는 '아차!' 하는 순간 가슴 깊숙이 파고들어 와서는 딱 숨을 쉴 수 있을 정도로만 남겨 두고는 나를 깊은 어둠으로 몰아넣는다.

불행은 한꺼번에 찾아왔다. 고등학교 2학년 때, 부상으로 인해 축구를 그만두게 되면서 어렵게 그 허전함을 이겨나가고 있을 무렵 아버지가 돌아가셨다. 급작스럽게 심근경색으로 내 앞에서 쓰려지셨고, 그것이 마지막이었다. 나에게 사람들이 말했다. "괜찮지?" "괜찮아 질 거야." 하지만 나는 아무런 말도 하지 못했다. 울면서 비명이라도 내지르고 싶었지만, 그저 목구멍에 걸린 채 맴돌 뿐이었다.

처음 찾아간 정신과에서 어렵게 과거 이야기를 꺼냈다. 하지만 의사는 그저 습관처럼 차트에 내 기록을 적어나갔다. 그리고 우울증 약을 처방해줬는데, 그때 나는 말하지 않은 것이 있었다. 바로 하얀 기분, 조증에 대해서 말이다.

조증이 시작되면 에너지가 미칠 듯 솟구쳐 끝없이 달린다. 아무리 달려도 지치지 않는다. 마치 심장이 터질 것 같은 호흡에도 머릿속은 온갖 환상으로 가득 차 황홀경에 빠진다. 자꾸 무언가를 하게 되고, 계획하며, 미친 듯 글을 썼다. 때론 대통령이 되기 위한 계획을 구상하고, 대선에서 읽을 연설문을 작성했다. 또 좀 큰돈이라도 생길라치면 그 길로 서점으로 달려가 모두 책을 사버리곤 했다.

조증 상태에서 철학, 종교 그리고 역사에 깊이 빠졌다. 새로운 역사서를 기획하고, 개신교와 가톨릭, 이슬람의 종교적 관념을 뛰어넘는 종합적인 종교 책을 만들어야 한다는 강박

관념에 사로잡혔다. 한동안은 잠도 자지 않고 기획한 책을 만들기 위한 글쓰기에 매달렸다.

정신과에서 받은 우울증 약은 복용하지 않았다. 스스로의 의지로 모든 것을 극복할 수 있다고 잘못 생각했던 것이다. 그러던 어느 날, 또 다시 찾아온 우울증으로 인해 오른쪽 손목을 긋는 일이 발생했다. 그로 인해 인대 접합 수술을 하고 2개월가량 정형외과에 입원해 있었는데, 그곳 의사 선생님과 나눈 대화가 계기가 되어 다시 정신과를 찾았다. 그분은 날 오랫동안 설득시키고, 우울증에 대해 이야기해줬다. 하지만 그때도 나는 조증 상태에 대해서는 이야기하지 않았다. 사실 조증이라는 병에 대한 개념 자체가 없었기에 그저 아버지의 죽음으로 인한 일시적인 충격이라고 생각했다. 실질적으로 날 죽음으로 몰아넣은 것은 우울증이기에 더욱더 조증에 대해선 설명하지 않았던 것 같다. 그때가 스물두 살. 두 번째로 정신과를 찾았을 때였다.

이후 나는 꼬박꼬박 우울증 약을 복용했다. 어머니는 일 때문에 거의 집에 못 오셨으므로 내 병에 대해선 전혀 모르셨고, 나 역시 이 사실을 철저하게 숨겼다. 차츰 우울증에서 벗어나고 아르바이트를 하면서 정상적으로 생활했다. 처음으로 평온이라는 단어가 어떠한 것인지 알았다. 그러나 그때 난 치명적인 실수를 하고 있었다. 바로 조울병 환자가 우울증 약을 복용했을 때에 외려 조증이 더 극단으로 치달을 수 있다는 것이었다. 언제나 변함없는 평온한 하루하루가 지속되면서 아르바이트도 시작했고, 주변 사람들과도 좋은 관계를 유지했다. 하지만 조증이 있으면서도 우울증 약만 장기 복용한 탓에 결국 극단의 조증이 밀려왔다. 점점 잠이 없어지면서 머릿속이 복잡해지고 횡설수설 말이 많아졌다. 늘 웃는 내게 같이 일하던 사람들은 좋은 일 있냐면서 함께 웃어주었다. 겉으로 나는 분명 웃고 있었고, 모든 것이 즐거웠다. 그러더니 어느 날은 문득 어디론가 떠나고 싶어졌다. 그 문제를 두고 더 길게 생각할 것도 없었다. 나는 그 길로 아르바이트를 그만두고 여권과 돈을 챙겨 들고 태국으로 무작정 여행을 떠났다.

조증이 나를 사로잡고 있어 낯선 것에 대한 두려움은 없었다. 모든 것이 활기차고 신비로웠으며, 새로운 사람들과의 만남, 처음 맛보는 음식에 대한 호기심으로 하루하루가 설레었다. 매일 아침 새로운 곳으로 향하고, 저녁에는 숙소에서 글과 사진들을 정리했다. 3개월에 걸쳐 태국, 라오스, 캄보디아, 미얀마 등의 나라를 여행했다. 캄보디아에서는 앙코르와

트의 유적지에 매료되어 해질 무렵까지 유적지를 돌아다녔으며, 라오스에서는 오지에 가까운 마을에서 아이들과 생활하며 지내기도 했다. 때론 위험한 곳을 지나야 하는 경우도 있었지만 그것마저도 짜릿한 스릴로 그저 즐거울 뿐이었다. 12시간 가까이 이동하는 버스를 타고도 지치지 않고 유적지와 문명의 해택을 거부한 마을들을 찾아다녔다. 매번 찾아오는 의외의 상황도 웃음으로 대처할 수 있었고, 여행 내내 흥분과 황홀함이 떠나질 않았다.

그러던 어느 날, 숙소에서 눈을 떴는데 내가 무언가 달라졌다는 것을 느꼈다. 흥분과 열정이 온데간데없이 사라져 있었다. 그날 나는 바로 방콕으로 돌아가선 이틀 동안 숙소에서만 머물다가 한국으로 돌아왔다. 그렇게 한국에 돌아온 지 일주일 만에 결국 다량의 수면제를 삼켜 자살 시도를 했다. 하지만 인간의 몸은 그리 쉽게 죽지 못했다. 다시 눈을 떴을 때에는 방 안 여기저기 구토한 흔적들만 가득했다.

다시 삶에 활력을 불어넣어야 했고, 2006년 스물세 살 나이로 대학교 연극영화과에 입학했다. 그 후 한동안은 영화 만드는 재미에 빠져 지냈다. 넘치는 에너지로 무작정 많은 단편영화를 찍었고, 실패를 거듭하면서도 내 병은 차츰 나아졌다.

그 무렵 군에 입대했다. 두렵기도 했지만, 단체 생활이 병에 도움이 되지 않을까 하는 기대도 있었다. 그러나 그건 너무도 큰 오판이었다. 자대를 배치 받고 얼마 되지 않아 우울증으로 인해 자살 시도를 했던 것이다. 그제야 조증 진단을 받았다. 군의관은 약만 꾸준히 먹는다면 일반인과 똑같이 살아갈 수 있다고 격려했다.

하지만 나는 약을 먹었다 끊었다를 반복했다. 조증의 황홀함을 잊지 못해서였다. 그것은 마약과 같다. 아이러니하게도 병을 치료하기 위해 입원하고 약을 먹다가, 다시 그 병의 환상을 느끼기 위해 약을 끊는다. 가벼운 조증에 들어갔을 때의 그 황홀함, 그 강렬함, 그 자신감을 잊을 수가 없다. 살짝 술에 취한 듯 모든 일을 해낼 수 있을 것 같은 느낌! 그 경험을 다시 맛보고 싶은 것도 사실이다. 하지만 지난날의 과오를 되풀이하지 않기 위해 지금은 꾸준히 약을 먹고 있다.

누군가 나에게 물었었다. 무엇이 그렇게 힘드냐고. 한동안 그 물음을 깊게 고민했다. 나를 힘들게 하는 것이 우울증의 고통인가, 아니면 조증이 지나간 후 찾아오는 헛된 망상의 기억들인가. 생각해보면 나를 정말 힘들게 한 것은 조울증이 아니라 바로 사람들의 시선이었다. 타인의 시선. 세상의 편견들. 그것들은 나를 두렵게 했다.

　나는 그저 머리의 어떠한 회로가 어긋난 것뿐이다. 그렇기에 정신과를 찾아가는 것이고 그곳의 도움을 받는 것이다. 그런데 사람들은 애초부터 나에게 도움 받을 여유조차 주지 않았다. 외면하고, 멀리하고, 자신에게서 떨어지라고 했다. 사람들은 알아야 한다! 울증의 외로움보다 조증의 망상보다 더 고통스러운 것은 바로 타인들의 편견과 시선이라는 것을.

　이 병은 핏속에 불이 있다. 그 불에 잠식당해 재도 없이 타 버리던가, 아니면 영원히 잠재우며 살아가야 한다. 결정은 내 몫이지만, 그 과정이 어떨지는 세상의 편견이 얼마나 완화되는가에 달려 있다. 허나 무엇보다 중요한 것은 지금 내가 살아 있고, 살아간다는 것이다. 분명 그것보다 중요한 것은 없다!

　　　　　　　　　　　　　　　　__최삼일(남 · 26세 · 서울시)

156

큰아들, 사랑한다!

듬직한 두 아들과 애교 덩어리 딸 그리고 나, 이렇게 우리 가족은 네 식구다. 여자 몸으로 세 아이를 혼자 키운다는 게 여간 고단한 게 아니지만, 몇 차례 제왕 절개 수술을 해서 죽을 만큼 힘들게 낳은 아이들이다 보니 나는 그저 우리 아이들이 더없이 사랑스럽기만 하다. 젊은 날, '저 어린 것들을 어떻게 하면 잘 키울까' 겁도 참 많이 났는데, 그런 엄마 마음을 아는지 아이들은 몸도 마음도 참 바르게 자라주었다. 키가 어찌나 큰지 내 키를 훨씬 넘긴 지는 이미 꽤 오래다. 큰 키에 체격이 점점 자리를 잡아가면서 꽤 듬직해진 세 아이들을 보고 있노라면 그간의 고생이 오늘의 열매를 얻기 위한 마중물이었던 양 달디달게만 느껴진다.

오늘, 큰아들 민혁이가 군에 입대했다. 어젯밤부터 민혁이와의 지난 일들이 새록새록 되살아나 마치 큰 죄라도 지은 양 마음이 울적하고 슬펐다. 사실 큰아이에게는 나도 모르게 자꾸 기대를 하게 됐다. '장남이니까 뭐가 달라도 다르겠지.'

하지만 알아서 하기는커녕 시키는 공부도 통 할 줄 모르고, 컴퓨터 게임에만 매달려 있기 일쑤였다.

엄마로서 자식에게, 그것도 장남에게 바라는 기대는 모든 엄마들이 다 같을 것이다. 게다가 주변 친구나 이웃을 보면 엄마 기대에 부응해 큰아이들이 다 모범적으로 자라주었다. 그런데 유독 내 아이만 내 마음을 몰라주고 내 기대를 따라주지 않는 듯해 내심 무척 서운했다.

자연 아이에게 하루가 멀다 하고 잔소리를 해댔고, 아이는 자랄수록 점점 더 거세게 반항했다. 그런 아이를 꺾기 위해 나는 더 독하고 상처되는 말을 골라 하고 말았다.

그런 신경전이 시작된 것이 큰아이가 실업계 고교를 가면서부터였으니 벌써 3년째가 되어버렸다. 큰아이는 자신의 모든 것을 못마땅해 하고, 하나부터 열까지 싫은 소리를 하는 엄마를 대하기가 싫고 힘들었던지 나와 마주하기를 자꾸 피했다.

주말에 내가 집에 있으면 아이는 친구들과 약속이 있다면서 아침 일찍부터 나가고, 내가 약속이 있어 나갔다 와보면 집에서 하루 종일 쉬고 있곤 했다. 그런 아이를 보면서 미안하기도 하고 섭섭하기도 하고, 한편에서는 불쑥불쑥 화가 나기도 했다. 그러다 보니 그런 마음이 말로 나올라치면 생각과는 다르게 자꾸만 아이에게 상처를 주고 말았던 것이다.

그래도 아이는 집을 들고 날 때마다 꼬박꼬박 인사는 챙겼다. 하지만 나는 "엄마 다녀올게요" 하고 꾸벅 인사를 하고 돌아서는 큰아이 등에 대고 잘 다녀오라는 말 대신 악다구니를 퍼부어댔다.

"그렇게 엄마가 싫고 엄마가 하는 말이 다 잔소리로 들리고 집이 싫으면 얼른 군대나 가버려!"

큰아이가 다니는 고등학교에는 '군 특성화 제도'가 있는데, 고등학교 졸업과 동시에 바로 군대로 가는 제도다. 내가 아이에게 입버릇처럼 군대 가라는 말을 한 건 그 제도를 염두에 두고 그리 한 것이었다. 하지만 그래서 아이에게 그 말이 더 상처가 되었을지도 모르는데도 말이다.

물론 나도 어쩌자고 아이에게 그토록 독한 말을 서슴없이 내뱉는지 나 스스로 놀란 적도 많았다. 아마도 당시 내가 우울증을 앓고 있었고, 쉰 안팎으로 찾아든다는 갱년기에 빠져 있어 그랬던 듯싶다. 전과 다를 게 없는 나날들인데, 이상하게도 하루하루가 아무런 의미가 없고 우울하기만 했다. 남편 없이 혼자 키우느라 그간 고생도 참 많았는데, 그런 엄마 고생을 큰아들이 몰라주면 누가 알아줄까 마음이 답답했다. 아마도 큰아들에게만은 좀 기대고 싶었던 듯싶다. 하지만 큰아들은 그런 나를 위로하고, 또 희망을 주지는 못할망정 자꾸 실망만 안겨주었다. 아마도 그래서 큰아이에게 내 속의 화를 풀어냈던 게 아닌가 싶다.

아이 셋을 홀로 양육한 지도 벌써 8년이 다 되어간다. 고만고만한 아이 셋을 혼자 힘으로 키우다 보니 누구보다 억척스럽고 독하게 살아야 했다. 그건 집 안에서도 밖에서도 마찬가지였다. 아무리 힘들어도 교육만큼은 여느 집 애들 못지않게 해주고 싶었다. 하지만 그건 그저 바람일 뿐 현실은 하루하루 굶지 않기 위해 발버둥 쳐야 했다. 그러다 보니 내가 생각했던 것에서 조금이라도 어긋나면 견딜 수가 없었고, 자연 아이들에게 내 기준을 강요하며 엄하게만 대했다.

그런데 오늘 그 세 아이 중에 첫째, 우리 큰아들이 군대에 간다. 홧김에 툭툭 내뱉곤 했던 그 말이 정말 현실이 되고 보니 무어라 말할 수 없이 마음이 무겁다. 19년을 한 지붕 밑에 살던 아이를 2년이 넘도록 멀리 떼어놓아야 한다니 그 허전함을 어찌 이겨낼까 벌써부터 걱정이다.

아침에 두 아이를 학교에 보내놓고, 밥상을 따로 차려 큰아이와 마주 앉았다. 얼마 만에 둘이 앉아서 먹어보는 밥상인지. 밥 먹는 내내 우리 두 사람은 조용했다. 내가 먼저 어렵사리 입술을 떼었다.

"건강 조심해야 해. 아무리 입맛이 없어도 반찬 가리지 말고 밥 잘 챙겨 먹고. 알았지?"

큰아이는 오늘만은 내 말에 대답도 잘 해주었고 밥도 잘 먹었다. 하지만 나는 밥이 코로 들어가는지 입으로 들어가는지 알 길이 없었다. 큰아들이 이제 몇 년이나 고생할 것을 생각하니 벌써부터 가슴 한편이 찢기듯 아파왔다.

"오늘 논산 훈련소 쪽으로 가야 한다면서. 그럼 엄마는 언제 가야 되니?"

"아니요, 안 오셔도 돼요. 학교에서 가는 거라 친구들이 꽤 많이 같이 가요."

"그래도 엄마가 가야 하지 않을까?"

"괜찮아요. 저 혼자 갈 수 있어요. 엄마는 몸 편찮으시니까 그냥 집에서 쉬세요."

큰 병도 아니고 그냥 여기저기 아플 뿐인데, 그런 엄마의 잔병까지 염려해주다니. 어느새 우리 큰아이는 제법 어른스러워져 있었다.

밥을 다 먹고, 모든 채비를 마친 뒤, 결국 아들은 혼자 가겠다고 문을 나섰다. 나는 서둘러 점퍼를 걸쳐 입고 아들을 따라나섰다. 보폭이 큰 아이는 벌써 저만치 가고 있었다.

"조심해서 다녀와!"

"네. 추우니까 얼른 들어가세요."

"챙길 건 다 챙긴 거니?"

"네!"

문득 아이는 힘차게 내딛던 발걸음을 멈추는 듯했다. 그리고 뒤돌아볼까 말까 머뭇거리다가는 끝내 얼굴을 다시 봬주지 않고 그대로 걸음을 옮기기 시작했다. 내 눈물을 안 보려고 그런 것일까? 아니면 제 눈물을 들키지 않으려고 그런 것일까? 멀어지는 큰아이의 뒷모습을 보고 서 있는데 가슴이며 머리가 하얗게 비어가는 듯 멍해졌다.

내 아들에게 나는 도대체 몇 점짜리 엄마였을까? 그런 생각에 자꾸만 눈에서는 닭똥 같은 눈물이 흘렀다. 그러다 아이와의 지난날이 파노라마처럼 펼쳐지면서 나는 끝내 울음을 터뜨리고 말았다. 혹시 이웃에라도 들릴까 숨죽여 울다가는 결국 온 집 안이 울리도록 울어버렸다.

동생과 한 살 터울로 태어난 아이라 사랑을 많이 주지도 못했다. 그래서 이 못난 엄마에게 관심을 좀 받고 싶어 일부러 퉁퉁거리고 자꾸 일을 저질렀던 걸 모르는 것도 아니었다. 어린 그 마음이 바라는 걸 다 알면서도 나는 그저 내 기대치만 바라볼 뿐 아이 마음을 헤아려주지는 못했다. 그러면서 그저 큰소리로 아들을 나무랐다. 생각에 생각을 더할수록 큰아이에게 미안함만 쌓여 눈물이 멈출 줄 몰랐다. 하지만 우리 큰아이를 사랑하지 않았던 적은 한순간도 없다.

우리 아버지는 일찍 돌아가셨고, 그래서 어린 내가 어머니와 동생의 생계를 책임져야 했다. 동생의 학비를 대느라 이것저것 가리지 않고 할 수 있는 일은 다 했다. 그렇게 언제나 가족들에게 맏딸로서 헌신하며 살다가 결혼을 했다. 그런데 남편과도 헤어지고 혼자 세 아이를 키우며 또 생활고를 혼자 감당해야 했다. 세 아이가 크면서 나도 모르게 그 모든 것을 아이들에게 보상받고 싶었던가보다. 아이들이 무슨 죄란 말인가!

한참을 울고 나니 조금이나마 속이 시원해지는 것 같았지만, 큰아이에 대한 미안함은 좀체 가시질 않았다. 그러다 결국 술 한 병을 꺼내 잔에 막 따르는데, 막내아들이 학교에서 돌아왔다.

"엄마 술 그만 드세요. 몸에 안 좋아요. 내가 손자 볼 때까지는 살아야지."

애교 섞인 말투로 막내아들은 나를 위로해주었다. 제 형 군대 보내놓고 쓸쓸해하는 엄마 마음을 헤아리는 듯한 눈치였다. 밤이 늦어 돌아온 딸도 엄마 괜찮으냐며 나를 먼저 걱정해주었다.

어느새 자정을 넘겼다. 이제 대여섯 시간 후면, 우리 큰아이는 어느새 군에서의 이틀째를 맞을 것이다. 지금까지 속절없이 무상한 삶은 아니었구나 싶다. 그런 삶 속에서 이런 보석들을 얻었으니 말이다.

큰아이가 제대해 집에 올 때에는 집은 물론 나 또한 좀 더 안정된 모습을 보여주고 싶다. 나를 만들어가는 것은 세 아이가 아니라, 나 자신이라는 걸 이제야 깨달았다. 지금보다 좀 더 밝고 자신 있는 내가 되고 싶다. 아마 나 스스로 내게 만족

하면 아이들에게 내 꿈을 전가시키는 어리석은 일도 하지 않을 테고, 그러면 아이들을 내 기대로 힘들게 하는 일도 없을 것이다.

제법 많은 나이라는 걸 알지만, 그래도 나의 꿈도 가져볼 것이고, 아이들에게 내 마음속 사랑도 더 잘 표현하기 위해 애를 쓸 것이다. 지금으로부터 10여 년이 흐른 뒤에는 지난 날을 돌아보며 지금처럼 후회하는 삶을 살지 않도록 건강한 한 걸음 한 걸음을 내딛을 것이다.

_김수정(여 · 48세 · 성남시)

동생의 첫 걸음마

날벼락. 그래요, 그것은 바로 날벼락이었습니다. 중앙선을 넘어 반대편 인도로 차가 뛰어들어 지나는 사람들을 친 사건이 있었습니다. 하필 그곳에 제 동생이 있었습니다.

1992년 3월의 일입니다. 온몸이 만신창이가 되어 중환자실로 실려 온 동생은 가쁜 숨을 몰아쉬며 연신 신음소리를 토해냈습니다. 놀란 가슴을 진정시키지 못한 엄마와 막내는 몸을 사시나무 떨듯 떨며 주저앉아 있다가 엄마는 혼절을 하고, 막내는 기어이 울음을 터뜨리고 말았습니다.

꽤 실력 있어 보이는 나이 지긋한 의사 선생님 몇 분이 동생을 둘러싸고 서 있었지만, 누구 한 사람 희망적인 이야기를 내놓지 못했습니다. 왼쪽 팔과 다리에는 마비가 와 쓸 수 없게 되었고, 사고의 충격으로 말조차 잃고 말았습니다. 동생은 그렇게 혼자서는 아무것도 할 수 없게 되었습니다. 저는 너무 화가 나 제 동생을 그렇게 만든 운전자를 죽여버리고만 싶었습니다.

이후 동생은 종합병원 중환자실에서 백여 일을 있어야 했습니다. 일반 병동으로 옮기라는 말을 들었을 때는 '아, 내 동생이 살 수 있는 거구나!' 하는 기쁨에 하늘을 날듯이 기뻤습니다. 하루가 천 년 같던 중환자실에서의 백 일까지도 참으로 고맙고 고마웠습니다.

일반 병동으로 옮기고 나니 보호자가 종일 곁에 있을 수 있고, 면회도 자유로워서 동생의 상태를 궁금해하는 우리 식구의 답답함을 덜 수 있었습니다. 가끔 무섭게 덮쳐오는 두려움에 시달리던 동생도 우리가 곁에 있어 안도했습니다. 날마다 마비된 팔과 다리에 물리치료를 했습니다. 그때마다 동생은 이를 악물고 고통을 참아냈습니다. 하지만 아직 나이 어린 동생이 이겨내기에는 너무나도 큰 시련이었던 터라 엄마 가슴을 치며 울고, 때로는 감각 없는 왼팔을 저주하며 피가 나도록 할퀴기까지 했습니다. 정말 전쟁 아닌 전쟁이었습니다.

엄마 가슴이 시퍼렇게 멍들고, 동생의 왼쪽 팔에서는 피가 났지만 그것은 사고 전 착하기만 했던 동생의 본심이 아니라는 걸 우리 모두는 알았습니다. 물론 옆에서 지켜보는 가족들도 긴 병간호에 지쳐 때로 서로에게 수없이 악을 쓰며 못할 말들도 했습니다. 하지만 전쟁 같은 그 순간이 지나고, 그런 일들이 더 쌓이고 쌓일수록 우리 가족 사이에는 더 크고 튼튼한 사랑 또한 쌓여갔습니다.

엄마와 제가 교대로 동생을 보살피면서 그렇게 1년이라는 시간이 지났습니다. 그동안 동생은 어눌하지만 어느 정도 말을 할 수 있게 되었고, 기억력이 매우 나빠졌지만 가끔씩 옛 추억을 떠올리며 그 해맑던 웃음도 가끔 보여주었습니다.

고통의 끝은 있다고, 우리 정희도 끝날 것 같지 않던 병원 생활을 마치고 집으로 갈 수 있게 되었습니다. 1년여를 살았더니 짐을 아무리 알뜰하게 간추리고 간추려도 제법 되었습니다. 우리 집에는 차가 없는 터라 엄마와 막내가 그 짐을 가지고 택시를 타고 먼저 가고, 저는 동생과 함께 집까지 걸어갔습니다.

동생이 앉은 휠체어를 밀고 당기며 인도를 걷고, 횡단보도를 건너는데, 마음에 각오를 하긴 했지만 생각보다 훨씬 힘들었습니다. 평소 멀쩡한 두 다리로 걸을 때는 전혀 문제 되지 않던 것이 바퀴 달린 의자에 앉아 지나려 드니 여간 걸리는 게 많은 게 아니었습니다. 정희는 겨우 1년인데, 그사이 참 많이도 변했다면서 두리번두리번 동네 구경에 여념이 없었지만, 저는 말없이 휠체어를 밀면서 앞으로 동생이 살아갈 날들을 생각했습니다. 이 길을 가는 것만큼이나 동생의 길을 막는 것들이 많을 거라 생각하니 가슴이 또 답답해왔습니다. 그래서 독하게 마음먹었습니다. 병원에서 아주 불가능한 것도 아니라고 했으니, 동생을 반드시 다시 두 다리로 걷게 하겠다고 말입니다.

집으로 온 다음날부터 다시 전쟁이 시작되었습니다. 몸이 아픈 동생은 모든 게 귀찮다며 집 안에서 꼼짝도 하지 않았습니다. 엄두가 나지 않았겠지요. 휠체어를 움직여 장애물 많은 동네 골목길을 다닐 것도 걱정이었을 테고, 무엇보다 사람들이 힐끗거리는 시선을 감당할 자신이 없었을 것입니다. 그 마음 모르는 것도 아니었지만 제 소중한 동생이 그대로 어둠 속에 버려지는 걸 두고 볼 수 없었습니다.

온 가족이 힘을 합쳐 어떡하든 동생을 운동시키기 위해 애를 썼습니다. 살살 달래기도 하고, 그러다 안 되면 억지로라도 팔을 잡고는 두 발로 걷는 연습을 시키기 시작했습니다. 하루도 집에서 고성과 울음이 끊이지 않았습니다. 그리고 정희뿐 아니라 오랜 병간호로 지친 가족들의 가슴에는 저마다 언제 터질지 모르는 시한폭탄이 도사리고 있었습니다. 정말 아슬아슬한 하루하루였지요. 그래도 끝내 누구도 그 폭탄을 터뜨리지 않았습니다. 우리는 가족이었고, 우리는 서로 사랑하니까요.

동생이 휠체어를 벗어나 지팡이에 의지해 첫걸음을 떼던 날, 우리 가족 모두는 환호하며 박수를 치고 크게 웃었습니다. 그러다 누가 먼저랄 것도 없이 또 다같이 '엉엉' 소리 내 울었습니다. 서럽게 서럽게 그리고 더없이 기쁘게 울면서 서로 부둥켜안았던 그 순간을 생각하면 아직도 가슴이 먹먹해져 옵니다.

정희가 막 걸음마를 배우는 아이처럼 한 발 한 발 앞으로 나가는 모습을 보면서 얼른 달려가 부축해주고 싶어 혼이 났지만, 흐르는 눈물이 접착제라도 되는 양 힘들게 힘들게 자리를 지키고 서 있었습니다. 그리고 정희는 고맙게도 넘어지지 않고 잘 걸어주었고요.

그로부터 벌써 17년이 흘렀네요. 동생은 완전하지는 않지만 제 의지대로 행동할 수 있을 만큼 몸이 좋아졌습니다. 하지만 아직 세상에 대한 두려움을 떨치지 못하고 집 안에서만 생활을 합니다. 가는 세월을 막을 수 없어 어느새 머리가 희끗해진 동생을 볼 때면 주책 같은 눈물이 망설임도 없이 흘러나옵니다. 스무 살 꽃다운 나이에 사고를 당해 한창 나이 때 아픈 몸과 치열하게 싸우느라 더 빨리 늙어버린 우리 정희. 그래도 정희 덕분에 우리 가족은 얻은 게 더 많은 듯합니다.

우선 모두들 희망이 없다고 했지만 우리 정희는 목숨도 잃지 않았고, 악착같이 노력해 두 발로 다시 걸을 수도 있습니다. 그리고 우리 가족은 이제 장애우를 색안경을 끼고 보지 않습니다. 예전에는 뒤뚱거리며 불편한 걸음을 하는 그들을 애써 외면했지만, 이제는 아무 일 없이 잘 가기를 마음속으로 빌면서 시야에서 안 보일 때까지 지켜보아줍니다. 또 혹시라도 도움이 필요할까 먼저 조심스레 말을 건네기도 합니다.

인도의 보도블록은 왜 이렇게도 울퉁불퉁한지 곳곳에 패인 구멍들을 보면 화가 나고, 그들이 채 반도 건너지 못했는데 신호등 초록 불빛이 깜빡이면 할 수만 있다면 달려가 초록 신호를 붙들어두고 싶기도 했습니다. 이 세상은 아무 불편함 없이 건강한 사람들만 사는 곳이 아니었습니다. 동생의 사고로 새로운 세상에 눈을 뜬 것 같습니다.

동생의 교통사고로 10년은 훌쩍 더 늙으신 엄마, 철없던 막내는 어느새 집안 살림을 맡아보는 살림꾼이 되었고, 저 역시 막중한 책임감에 하루하루 열심히 살아가고 있습니다. 남들이 보기에는 참 힘겨워 보이는 삶이지만, 그래도 우리는 모두 괜찮습니다. 우리에겐 소중한 가족이 있고, 그 가족들의 행복을 지켜주는 남부럽지 않은 깊은 사랑이 있으니까요.

오늘도 동생과 함께 산책길에 나섭니다. 어느새 성큼 다가온 봄을 알리는 눈부신 햇빛과 포근한 바람은 동생이 사고가 났던 그때나 지금이나 변함이 없군요. 한 발 한 발 조심스럽게 앞으로 나아가는 동생을 바라보며, 우리 가족도 다가올 따뜻한 봄날을 기다리며 한 발 한 발 발맞춰 나아가렵니다.

_인상현(가명 · 남 · 41세 · 수원시)

당신의 삶을 사랑하라

하루가 멀다 하고 '자살' 이라는 단어가 사람들 입을 오르내린다. 사그라지는 인기 때문에 괴로워하며 세상을 등지는 연예인, 너무 치솟는 인기를 감당 못해 목숨을 끊는 연예인, 빚더미의 무게를 이기지 못해 생을 마감하는 사람, 우울한 기분을 이기지 못하고 결국 죽음을 택하는 사람……

저마다 죽음의 선을 넘어서는 이유들이 있겠지만, 그래도 난 그런 이야기를 들을 때마다 '저 사람들 참 독하다' 는 생각을 떨칠 수가 없다. 어떻게 한 번뿐인 생명을 버릴 수 있을까. 죽으려고 마음먹으면 사는 것보다 막상 죽기가 더 어렵다던데, 그렇게 죽음의 선을 넘는 그 마음이 참 무섭고 또 놀랍다.

물론 그렇게 되기까지 얼마나 많이 고민하고, 얼마나 많이 괴로웠을지 헤아릴 수 있다. 그야말로 '오죽하면' 생을 뒤로하고 죽음의 길을 갔을까, 그 심정 모르는 바는 아니다. 그래도, 그래도 생명은 더없이 귀하다.

기독교에서는 하나님의 형상대로 지으신 사람의 생명은 천하보다 귀한 것이라 했으며, 불교에서는 동물과 식물로 천만 번이나 되는 윤회를 거듭해야 비로소 사람으로 태어날 수 있다고 했다. 그토록 어렵게 얻은 귀한 생명인데, 어떻게 자기 스스로 죽음을 선택할 수 있다는 말인가! 우리에게는 그럴 권리가 없는 게 아닐까? 단지 우리가 할 수 있는 일은, 생명이 다하는 날까지 최선을 다해 열심히 사는 것 아닐까. 아무리 힘든 역경 속에서도 생명이 있는 한 희망이 흐르고 꿈과 비전을 펼칠 수 있는 무한한 능력이 있음을 믿고 살아가야 하는 것이다.

지금 우리 사회는 참 어처구니없게도 돈 때문에 사람이 살고 죽는다. 얼마나 안타까운 일인가. 우리에게는 돈보다 소중한 것들이 훨씬 많다.

나는 뇌성마비 장애인이다. 팔다리가 뒤틀리고 걷는 건 고사하고, 몸을 제대로 가눌 수도 없으며, 말하는 것도 힘들고 아주 어눌하다. 혼자서는 밥도 먹을 수 없고 대소변도 혼자 해결할 수 없다. 가장 기본적이고 하찮은 욕구조차 스스로 해결하지 못하고 엄마의 손을 빌려야 하는 나는 언제나 가시방석에 앉은 듯 불편하다. 그렇게 30년을 살았다.

나는 날마다 방 안에서 끈질긴 외로움과 나 자신과의 치열한 싸움을 벌인다. 내가 하는 일은 하루 종일 컴퓨터 앞에 엎드린 자세로 인터넷으로 연결된 세상과 소통하는 것이다. 그나마도 쉽지 않아 키보드에 머리를 파묻고 혀와, 떨리지만 그래도 내 의지로 움직일 수 있는 고마운 손가락 하나로 애를 쓰면서 글을 쓴다.

솔직히 나는 죽고 싶어도 마음대로 죽음을 선택할 수 없는 처지인 것이다. 생각해보라. 혼자 힘으론 아무것도 할 수 없는데, 죽고 싶다고 해서 감히 어떻게 죽을 수 있겠는가. 설령 내가 죽음을 선택했다 할지라도, 스스로 목을 매거나 약을 먹거나 옥상에 올라가 떨어질 수도 없는 노릇이다. 나에겐 죽음도 누군가의 도움 없인 불가능한 일이며, 양보해야 할 사치스러움이다. 그래서 나는 죽고 싶어도 죽을 수 없는 끔찍스러운 현실을 축복이라 여기며, 내게 주어진 죽음보다 더 깊은 절망과 외로움, 슬픔을 그냥 그대로 받아들인다. 그렇게 그 모든 것들과 나는 함께 하나가 되어 지금껏 살아올 수 있었다.

나도 죽음을 바라본 적이 있었다. 사춘기 시절 재활원에서 생활했는데, 날이 갈수록 적응이 되기는커녕 점점 더 절망감만 커지고 차츰 자신감을 잃어갔다. 시쳇말로 주제 파악을 잘 못하는 나를 친구들이 곱게 볼 리 없었고, 언젠가부터 친구들이 나를 따돌리기 시작했다. 그때는 정말 내 삶 자체가 저주스러웠고, 생을 끝내야 그 저주에서 풀려나 자유로워질 수 있을 것 같았다.

그래서 하루는 같은 방을 쓰는 동생더러 나를 아무도 다니지 않는 높은 계단 앞에 데려다달라고 부탁했다. 계단에서 굴러 떨어질 심산이었던 것이다. 내 속내를 알 리 없는 동생은 4층 건물 계단 꼭대기에 나를 데려다주었다. 생각할 게 있어 그러니 혼자 있게 해달라고 부탁하고, 잠시 뒤 나 혼자 남았다. 오래오래 생각했던 일이니 시간을 더 끌 것도 없었다. 죽음을 선택한 이상 남아서 가슴 아파할 가족은 안중에도 없었다. 나는 두 눈을 질끈 감고 최선을 다해 몸을 비틀기 시작했다. 마침내 휠체어에서 몸이 떨어졌고 나는 다시 힘껏 허공으로 몸을 날렸다.

그런데 순간 누군가 내 팔을 강하게 붙잡았다. 뒤돌아보니 나보다 한 학년 위인 상급생 오빠였다. 언어 장애가 있어서 몸을 움직일 수 없는 나로서는 의사소통할 수 있는 방법이 없었던 터라 대화 한번 나눠보지 않은 오빠였다. 오빠는 우연히 그 앞을 지나다 내가 사고로 떨어지려는 건 줄 알고 달려와 내 팔을 붙잡아주었던 것이다. 어렵고 어렵게 먹은 마음인데, 왜 하필 그때 나타나 내 앞길을 가로막는지 그 오빠가 너무 원망스러웠다. 하지만 지금 그때를 생각해보면 그 오빠를 통해 하나님께서 나를 살리셨다는 생각을 한다.

그때 그렇게 사랑의 손길로 나를 붙잡아주시고 지켜주신 그분이 오늘도 나를 향해 응원을 보내고 계신다.

"사랑하는 현주야! 네가 짊어진 인생의 무게가 너무나 무겁고 힘들고 고통스러워서 지금 모든 걸 포기하고 주저앉고 싶은 걸 내가 다 안다. 하지만 끝까지 포기하지 말고 네 앞에 놓인 인생이라는 커다란 산을 올라가라. 그 산 정상에서 내가 너를 기쁨으로 만나주리라. 기다려주리라."

나는 매일 아침 이 응원을 들으면서 하루를 살아갈 힘을 얻는다. 그리고 나는 이렇게 믿는다. 이 삶은 내가 선택한 것이 아니라, 내 몫으로 내게 주어진 것이다. 그렇기에 아무리 힘들고 고통스럽다 할지라도 그저 살아 있어 하루하루 감사하고 최선을 다해 살아야 한다. 그러다 보면 언젠가는 그 너머에 나를 위해 준비된 기쁨과 행복이 있을 것이다. 나는 누가 뭐라 해도 내 인생의 주인공이다. 그리고 그 누구보다 나는 나를 사랑하기에 내 인생 이야기는 해피엔딩이 될 것이다.

내게 찾아온 오늘은 전쟁 같은 하루가 아니라, 더없이 기쁜 축제의 날이리라. 아침마다 축포처럼 태양이 동산 위로 떠오르고, 저녁마다 서산에는 아름다운 영상이 나를 위해 펼쳐진다. 어둔 밤을 견뎌야 빛나는 새벽이 찾아오듯 고통을 통해 기쁨이 오고, 갈등을 통해 안정이 오며, 불안을 통해 평화를 얻고, 구속을 통해 자유를 알게 된다. 그러기에 나는 내가 지닌 장애를 통해 하루하루 특별한 행복과 감동을 느끼며 살아갈 수 있는 것이 아닐까 싶다. 내게 주어진 이 하루는 즐겁게 웃고 떠들기에도 짧기만 한데, 그 시간을 어떻게 어리석은 분노와 민망한 욕심에게 자리를 내줄 수 있겠는가?

지금 당신의 삶을 사랑하라! 사랑만이 삶을 기적으로 만든다. 내가 좋아하는 시 가운데 '사람은 사랑한 만큼 산다' 는 구절이 있다. 그 짧은 시구에 담긴 의미는 바로 예기치 않은 운명에 몸부림치는 우리의 고단한 생애일지라도, 우리가 아름다운 시각으로 감사의 조건들을 발견하고 삶을 사랑하면 충분히

멋지게 살 수 있다는 얘기다. 그렇다. 우리는 그 무언가를 사
랑한 그만큼 사는 것이다. 그만큼이 우리네 인생일 것이다.

__이현주(여 · 33세 · 강원도 영월군)

무언가를 배우기 위해서는 그것으로부터 고개를 돌려서는 안 된단다.
삶의 폭풍이 몰고 오는 바람과 추위와 어둠에 맞선다는 것이 결코
쉬운 일은 아니지만, 그래도 꼭 겪어야 할 일이란다. 역경이란 우리에게
많은 것을 가르쳐주는 법이니까. | 그래도 계속 가라 中

내가 진정으로 원하는 길

나는 남들보다 입학부터 1년 늦었다. 2002년 2월부터 그해 10월까지 집과 재수 학원을 오가며 그야말로 불굴의 투지로 공부에 매진했다. 그렇게 두 번째 대입 수능을 치렀지만, 결과는 그전 해와 별반 달라진 게 없었다. '그렇게 열심히 했는데, 제자리라니!' 실망이 이만저만이 아니었지만, 다시 대입 공부를 할 엄두는 나지 않았다.

실망감만 가득 안고 원서를 쓰다 보니 가고 싶은 대학, 하고 싶은 학과 공부는 생각도 않고 그냥 점수대에 맞추어 여기저기 원서를 썼다. 그리고 합격한 몇 개 대학 가운데 부모님이 가장 선호하시는 사범대학 교육학과에서 대학생활을 시작했다. 그런데 3개월쯤 지나자 문득 영어가 눈에 밟혔다. 사실 명문대 영문과가 꿈 아니었던가!

아침 10시 즈음, 셔링이 잡힌 상아색 바탕 원피스에 리본이 달린 플랫을 신고, 아니꼽다는 동전지갑 사이즈의 핸드백을 들고 깃털 같은 발걸음으로 학교에 도착해 간단한 교양 수업으로 하루를 시작한다. 점심은 남자친구와 함께하니 까르보나라의 크림을 입술에 묻히지 않고 예쁘게 먹는 방법을 잘 아는 여대생이어야 한다. 저녁에는 내 소유의 고급 오피스텔에서 혼자 보기에는 좀 크다 싶은 스크린에 미개봉 영화 자막을 번역하는 아르바이트를 한다. 물론 편안한 연보랏빛 소파 앞 탁자에는 나무로 만든 커다란 볼에 푸짐하게 담긴 각종 쿠키들이 꼭 있어야 한다.

그러나 그것은 여고 시절 품었던 꿈일 뿐, 내 현실은 전혀 달랐다. 나의 아침은 6시 반부터 시작되었다. 교외에 있는 집에서 학교까지는 넉넉잡아 1시간. 7시 반에 타는 만원버스에는 온통 고등학생뿐이라 가끔 나는 내가 고등학생이라는 착각을 하곤 했다. 실은 화장을 하는 그들에 비하면 난 초등학생이라 해도 될 뻔했다. 그렇게 등교해 8시 반에는 먼저 도서관에서 25분 정도 그날 배울 전공의 진도를 간단히 훑는다.

참, 이 도서관 스케줄은 옵션이다. 배 속에서 갑자기 신호를 보내와 급하게 화장실에 가야 할 때는 도서관 들르기는 과감히 생략이다.

9시 수업 시작. 멋모르고 교양 수업을 엄청 신청한 죄로 두꺼운 교양서적 값만 십만 원이 훌쩍 넘었다. 대개 교양 수업에서는 교수님의 구두로만 수업이 이루어진다는 걸 몰랐던 것이다.

점심시간, 산을 깎아 만든 학교라 사범대까지 경사가 거짓말 좀 보태서 80도다. 내려갔다가 오후 수업에 다시 올라오는 일은 생각해본 적이 없다. 대충 학내 식당에서 먹을거리를 찾는데, 진짜 배만 채운다는 말이 딱 맞다.

오후, 수업이 끝나기 무섭게 그 산등성이 길을 부리나케 내려와 버스를 잡아탄다. 돌아오는 버스 안에서는 그날 필기한 내용을 살펴보며 복습 또 복습. 그렇게 50분을 타고 집으로 달려와 허겁지겁 밥만 먹고 9급 공무원 준비를 하는 언니와 마을 도서관으로 향한다. 그때부터 10시까지 복습과 예습을 한 뒤 집으로 퇴근한다. 시험기간이라도 될라치면 서너 시간 연속 책상에만 딱 붙어 앉아 꼼짝 않고 공부했다. 지금 생각해보면 참 독하기도 했다.

이토록 독하게 공부했던 건, 사실 영어교육과로 전과를 하고 싶었기 때문이다. 그래서 친구들과 어울리는 것도 양보하고 학과 활동도 전혀 하지 않으면서 학점 관리에만 악착같이 매달렸다. 하늘도 무심치 않아 1학년 1학기 평균 성적이 4.45, 과 특대 장학금 수혜자가 되었다.

다시 2학기, 공짜로 다니는 학교에다 일등까지 했으니, 이제 욕심 좀 그만 부릴 만한데, 사람의 욕심은 끝이 없다고 내 생활은 더욱 철저해졌다. 정말 내가 생각해도 좀 심했다. 몸무게는 5킬로그램 이상 줄었고, 자꾸 마른다고 걱정하시며 엄마는 한약까지 해다 달여주셨다. 친구들과는 그나마 몇 마디 나누던 대화도 줄어들었고, 수업시간에는 필기하느라 교수님 얼굴은 본 기억이 별로 없다.

한번 일등을 한 이후로, 난 모든 것이 성에 차지 않았다. 시험 3주 전부터 하루 8시간 이상은 공부해야 마음이 편했고, 시험 기간 전 주에는 휴대폰은 아예 꺼버렸다. 수업시간에는 가장 앞자리에 앉지 않으면 괜히 머리가 아팠다. 간혹 내게 관심을 보이는 남학생들이 있었지만, 냉정하게 뿌리쳤다. 그렇게 악착같이 공부한 덕분에 2학년 때 그리 어렵지 않게 영어교육과로 전과할 수 있었다.

그 무렵 친구들 사이에서 나는 '숙자'라고 불렸다. 집에서 입던 빛바래고 무릎 나온 트레이닝복을 입고 학교를 다녔던 나는 흡사 노숙자 같았으니 그럴 만도 했다. 그러나 그때 나는 세상 누구보다 나를 우월하게 느끼고 있었다.

'난 너희와 달라. 난 일등이라고. 이만큼 내가 노력했고 난 모든 걸 이루었어. 그러니까 공부 이외에 다른 것들은 나에게 의미가 없어. 왜냐하면 나는 일등이니까.'

대충 이런 식이었다. 그렇게 총 학점 4.37로 사범대 전체 수석이라는 타이틀까지 달고 조기 졸업을 했다. 물론 그걸 아는 사람은 몇 명 없었지만 난 진짜 뭐든지 할 수 있을 것 같았다. 왜냐하면 나는 일등이니까.

졸업을 했으니 이제 교원 임용이라는 시험을 통과하면 되었다. 20명 모집에 응시자가 500명이 넘는 데다, 아무리 뛰어난 수재라도 삼수는 해야 붙는다고 다들 걱정이 많았다. 하지만 나는 '그동안 해온 공부보다 힘들 테냐' 하며 자신만만했다. 그런데 그해 시험에서 1차에서 떨어지고 말았다.

'어라 이상하네. 난 일등인데 왜 떨어진 거지.'

1차도 통과하지 못했으면서 나는 여전히 일등의 자만에서 빠져나오지 못하고는 3개월을 널찍하게 쉬고 재도전에 나섰다. 집 근처 독서실을 끊고 다시 공부를 시작했다. 하지만 이번에는 더 낮은 점수를 받았다.

그때부터 자신감은 물론, 영어 실력도 내려가기 시작했다. 복합적인 이유가 있었으나, 열심히 하지 않은 것이 가장 큰 이유였다. 공부한다고 앉아 있는 시간은 길었으나 질을 보자면 솔직히 대강대강 허술하기 그지없었다. 쉬고 싶을 때는 쉬고, 하기 싫을 때는 안 했다.

세 번째 시험을 앞두고는 그제야 슬슬 두려움이 엄습했다. 게다가 가족들도 금전적인 지원은 이게 마지막이라며 으름장을 놓았다. 오래전 어느 날처럼 팽팽한 긴장감을 되찾았다. 이른 아침부터 노량진 한 고시원으로 발걸음을 재촉했다. 학원에서 7시간 수업하고, 독서실에서 자습을 시작한다. 아침에는 식당에서 밥을 먹고, 점심엔 김밥 한 줄, 저녁에는 간단히. 그렇게 8개월을 날마다 똑같이 보냈다. 살도 빠지고 기운도 점점 빠져갔다.

하지만 시험 결과는 역시 낙방이었다. 이렇게 내 인생이 끝나는 것일까. 시도 때도 없이 눈물이 쏟아졌다.

'난 왜 이런 거지. 왜 시험을 못 본 거지. 그렇게 공부하고 젊음의 나날들을 희생했는데, 그리고 합격한 친구보다 공부

도 내가 훨씬 잘했는데, 왜 합격을 못한 거지.'

그렇게 4개월을 가슴을 짓누르며 지내다 뒤늦게 정신을 차리고 취업을 하기로 마음먹었다. 우리나라 굴지의 은행들 인턴사원 모집에 서류를 접수했다. 하지만 모두 불합격 소식만 전해왔다. 대학 시절 그렇게 혼신의 힘을 다해 공부했건만, 모든 것이 쓸데없는 짓이었단 말인가, 하며 후회가 밀려왔다. 친구들은 벌써 합격하고 취직해서 연애도 하고 좋아 보였다. 하지만 난 대학을 졸업하던 그때보다 훨씬 못나 보였다.

그때부터 우울증 증세가 나타났다. 쇼 프로그램을 보면서 식구들은 모두 웃는데 나 혼자 울고, 입을 떼었다 하면 온통 신세 한탄으로, 세상의 짐은 모두 짊어진 양 일장 연설을 늘어놓았다. 서럽게 울다 잠들고, 일어나서 다시 울고. 그러기를 보름. 나중에는 정말 세상살이를 그만 끝내야겠다, 하는 몹쓸 생각까지 하고 말았다.

이대로 있으면 도저히 안 되겠다 싶어 오랜 기간 속을 터놓고 지내는 친구를 만나러 버스에 몸을 실었다. 창밖을 바라보며 또 울고 있는데, 문자메시지가 왔다. '○○ 은행 지원 텔러 서류 전형에 합격하셨습니다. 면접 참석 바람.'

'내가? 내가 됐다고? 아, 나도 됐구나!'

나흘 뒤, 서울로 가는 고속버스에 몸을 실었다. 어떻게 찾아가나 겁을 잔뜩 집어먹었지만, 다행히 을지로 은행 본사로 잘 찾아갔다. 3시간의 기다림 끝에 드디어 면접관을 만났다. 그런데 첫 질문부터 난관에 봉착하고 말았다.

　"학점이 왜 이래요? 네? 학점이 거의 만점에 가깝네. 이런 학점도 있나요? 설명 좀 해보세요."

　그걸 어떻게 한마디로 설명할 수 있단 말인가! 엄청난 양의 기억들이 파노라마처럼 스쳐갔다. 하지만 그걸 구구절절 다 설명할 수도 없는 터. 결국 내가 내놓은 답은 짧았다.

　"그냥 열심히 했습니다."

　너무 짧았다. 그렇게 첫 대답을 하고 나자 면접관들은 내게 시선조차 주지 않았다. 불안감이 온몸을 휘감았다.

　'아, 이러면 안 되는데. 이번에도 안 되는 걸까?'

　하지만 내게도 기사회생의 기회가 주어졌다. 면접 끝 무렵, 면접관들이 마지막으로 하고 싶은 말을 해보라고 기회를 준 것이었다. 면접관들은 좀 귀찮다는 듯 의례적으로 던진 말이었는데, 나는 기다렸다는 듯이 빛의 속도로 손을 들었다. 많이 떨렸지만 차분하게 말을 이어나갔다.

　"제가 오랜 시간 동안 공부하면서 깨달은 것이 있다면 무엇이든 할 수 있다는 자신감입니다. '이 정도면 됐어, 이 정도면 충분해'라고 생각한 적은 지금껏 한 번도 없습니다. 비록 다른 분들처럼 준비된 자격증도 지식도 없으나 저에게 어떤 일이 주어지건 간에 그 일만큼은 전문가처럼 해낼 자신이 있고, 저 자신을 개발하는 일에도 게을리 하지 않아 귀사의 경영 발전에 일부분이 되고 싶습니다."

조금은 준비해 간 멘트지만 내가 생각해도 조금은 감동적이었다. 그렇게 면접은 끝났다.

그런데 며칠 뒤, 거짓말처럼 모든 곳에서 연락이 오기 시작했다. 학교 강사 자리부터 은행과 내로라하는 회사의 인턴 자리까지 나를 불러주었다. 그렇게 며칠 간 합격 소식으로 나는 무척 행복했다. 하지만 여러 곳에서 날아든 합격 소식을 앞에 두고 생각이 참 많았다.

'내가 정말 원하는 게 뭘까? 내가 꿈꾸었던 것이 무엇이었지?'

세 번 시험에 낙방하고, 절망의 끝에서 포기하는 심정으로 하는 수 없이 냈던 이력서들이었다. 세 번이나 낙방 소식만 듣다가 너무도 오랜만에 합격 소식을 들으니 마음은 더할 수 없이 기뻤다. 하지만 그건 내가 진정으로 원하는 길이 아니었다. 많이들 이야기한다. 인생은 한 번뿐이라고. 그래, 내 인생도 한 번뿐이다. 그 인생을 차선으로 선택한 자리에서 보낼 수는 없었다.

　마음의 결심을 굳히고, 고맙게도 나를 불러주었던 회사들에 전화를 걸어 정중히 그 자리들을 거절했다. 이제는 그전의 나는 더 이상 없다. 이제 내 안에는 어쭙잖은 자신감만 있는 것이 아니라 겸손함과 조심스러움까지 곁들여 있다. 여전히 나는 백만 명에 육박하는 청년 실업인 가운데 하나이지만, 그래도 내 가슴은 옹골찬 꿈으로 가득 차 있다. 나는 할 수 있다!

_하원아이어 · 27세 · 대신지

정이의 환한 웃음

네 살배기 우리 둘째 공주 정이는 지금까지 참 힘들게 자라왔습니다. 7개월 무렵 예쁜 이가 쏘옥 올라오고, 배밀이에 이어 엉금엉금 귀엽게 기더니 돌 때는 아장아장 제법 걸음을 예쁘게 걸었습니다. 마음이 무에 그리 바쁜지 타박타박 뛸 때면 저러다 넘어지지 않을까 조바심치기도 여러 번이었습니다. 그렇게 우리 정이는 다른 아가들과 발걸음 맞추어가며 잘 커주었습니다.

그런데 두 돌 무렵부터 정이가 어딘지 좀 다른 아가들과 달라 보였습니다. 엄마가 입 안 가득 바람을 '포옥' 집어넣어 볼이 부풀어 오를라치면 '꺄르르' 소리를 내며 웃음을 터뜨리던 정이가 언젠가부터 웃지 않았습니다. 가만 생각해보니 작은 미소조차도 좀체 보여주지 않았던 듯싶습니다. 울음도 웃음 과 마찬가지여서 아무리 서운하게 해도, 무척 아파 보이는데 도 한번 찡얼거리는 것 또한 보지 못했습니다.

그래도 그냥 이렇게 생각했습니다. 그냥 좀 덜 웃는 거겠지. 어린 나이에도 이해심이 넓어 울 일이 별로 없어 울지 않 겠지. 그렇게 생각하면서 주변에서 아무리 병원에 가보라고 해도 고집을 부리며 끝내 병원에 가지 않았습니다. 하지만 우 리 눈앞의 현실을 두고도 고집을 부릴 수는 없었습니다. 남편 도, 양가 부모님도 차마 입 밖에 내지 못하셨지만, 우리 정이 는 자폐였습니다. 자폐. 우리 딸 정이가 자폐아가 된 것입니 다. 어리디어린 우리 딸 정이가 겨우 두 살 나이에 혼자만의 생각 속으로 스스로를 가둬버린 것이었습니다.

미처 자기 생각을 전할 수 있는 말을 배우지 못한 정이는 웃음도 울음도 아닌 짜증으로 자기를 표현했습니다. 그런 정 이를 보면서 어떻게든 기쁨과 슬픔을 가르쳐주고 싶었습니 다. 따스한 사랑을 느끼게 해주고 싶었습니다.

하지만 그런 마음은 집 안에서만 생명을 얻었습니다. 언제 부터였을까, 아이와 함께 가까이 공원에라도 나가면 정이의 이상한 행동을 유심히 쳐다보던 시선들이 곧 제게로 옮겨왔습니다. "세상에, 자폐인가봐. 저걸 불쌍해서 어째." "쯧쯔, 지금은 부모가 거둔다지만, 부모 세상 뜨고 나면 누가 책임을 진데." "에고, 어쩌다 자폐아가 된 거야." 사람들이 수군거리는 소리가 비수가 되어 가슴에 꽂혔습니다. 아이를 위해서는 바깥 구경도 많이 시켜주고, 사람들과도 자꾸 만나게 해야 하는데 멀쩡한 엄마가 제 생각만 하느라 점점 외출하는 횟수가 줄어들었습니다.

그러던 어느 날 정이 아기 때 사진첩을 보다 정신이 번쩍 들었습니다. 정이가 우리에게 오던 그날 얼마나 감사하고 기뻐했던가요! 첫 옹알이에 가슴이 벅차오고, 제힘으로 뒤집으려 애쓰는 정이를 목청껏 응원하며 가슴 가득 행복을 쌓아오지 않았던가요! 정이 덕분에 얼마나 기쁘고 행복했던가요. 그런데 그깟 지나는 사람들 시선 하나 때문에 우리 딸을 안으로 안으로 숨겨둔단 말입니까?

그 길로 정이 옷을 곱게 갈아입히고 밖으로 나갔습니다. 오로지 아이만 생각하며 이곳저곳 찾아다녔습니다. 더 많은 것을 보여주고, 더 많이 느낄 수 있도록 해주었습니다. 잠깐, 정말 잠시라도 지켜보지 않을라치면 금세 어디론가 사라져버리기 일쑤라 가슴 철렁한 순간도 여러 번이었습니다. 손을 잡고 길을 걷다가도 느닷없이 손을 탁 뿌리치고 도로로 뛰어들어 정말 큰일날 뻔한 일도 많았습니다. 모르는 사람을 때리는 일은 날마다 너무 여러 번 일어나는 일이었지요. 두 살. 이제 겨우 스물네 달을 살았을 뿐인데도 우리 정이는 다른 아이들과 참 많이 달랐습니다. 그래도 우리 부부는 정이를 포기할 수 없었습니다. 일찍 시작하면, 이제 막 발견한 거니까 열심히 하면 정이는 좋아질 거라 생각했습니다.

아이에게 기쁨과 슬픔, 사랑을 가르치기 위해 우리 가족은 작은 일에도 기뻐하며 더 많이 웃고, 슬플 때면 눈물을 삼키지 않고 '엉엉' 소리내 울며 슬픔을 나누었습니다. 그렇게 2년여가 지나 네 살이 되어가던 정이에게 놀라운 일이 일어났습니다. 엄마, 아빠, 밥, 가자, 물……. 이렇게 서서히 말문이 트이기 시작한 것입니다. 무얼 해도 늘 짜증만 부리던 아이가 어느 순간 작은 미소를 보이기 시작하더니 마침내 우리에게 환한 웃음을 선물했습니다. 물론 아직도 더 많은 노력이 필요하다는 걸 알고 있습니다.

아이의 병이 무엇이라는 것을 알면서도, 그 병이라고 선고하는 의사의 진단 앞에서 모래성처럼 허물어져 내릴까 두려위 차마 병원에 가지 못했습니다. 그저 온 가족이 더 상황이 나빠지지 않기만을 바라면서 진심으로 빌고 또 빌었어요. '무슨 짓이든 할 수 있어. 우리 정이를 위해서라면 어떤 일도 두렵지 않아.' 내 아이를 위해 좋다고 하는 것은 뭐든 구해서라도 먹이고, 해주면서 정이가 좋아지기만 바랐습니다.

아이가 말을 하고, 사람들을 향해 웃고, 늘 혼자이던 아이가 또래 아이들과 장난을 치며 어울리는 모습을 보면서 저는 기적이라는 것에 대해 생각했습니다. 네, 기적이었습니다. 그래서 저는 멈출 수가 없었습니다. 어렵고 어렵게 마음의 빗장을 열고 세상으로 조심스럽게 걸어나오는 정이가 있기에 힘들고 힘들어도 주저앉을 수 없었습니다. 그리고 앞으로도 그럴 겁니다.

사실 아직 우리 정이는 아픕니다. 하지만 아픈 건 언젠가 꼭 나으리라 생각합니다. 정이에게 기쁨을 가르치고, 슬픔을 이야기하고, 사랑을 표현하는 사이 우리 가족은 누구도 부럽지 않을 만큼 행복한 사람들이 되었습니다. 그 행복을 앞으로도 계속 키워갈 겁니다. 우리 정이와 함께요.

__신미란(여 · 36세 · 부천시)

슬픔도 삶을 살찌운다

1993년 3월 19일 햇살 따사롭게 내리쬐던 오후, 나는 처음으로 이 세상에 발을 내딛었다. 물론 이 기억은 나의 기억이 아닌, 누군가에게 전해들은 이야기다.

태어나던 날의 기억이 없는 것은 누구나 그렇다 치자. 하지만 내게는 돌잡이의 기억도, 엄마가 쓴 육아일기를 몰래 본 기억도, 유치원에 들어가기 전 꼬마 때 찍은 사진도 없다. 친구 집에 놀러 갔다가 벽에 걸린 사진들을 가만히 보고 있노라면 '내겐 왜 그러한 기억이 없는 걸까?' 하는 의문이 자연스레 고개를 들었다.

내겐 없는데, 친구들은 저마다 가지고 있었다. 그래서 언젠가 친구에게 물었다.

"넌 돌잡이 사진, 유치원 소풍 사진, 졸업식 사진이 다 있니? 그때 기억도 전부 다 나?"

그럼 아주 당연하다는 듯이 대답이 돌아왔다.

"돌잡이 이야기는 엄마한테 수도 없이 많이 들었어. 소풍이랑 졸업식은 당연히 기억나지."

열이면 열 모두 그렇게 대답했고, 나는 매번 같은 생각에 사로잡혔다. '그게 왜 당연해? 난 없는데?'

궁금했다. 너무너무 알고 싶었다. 하지만 열 살 무렵 나는 감히 그 누구에게도 왜 나만 그런 기억이 없느냐고 물어볼 엄두조차 내지 못했다. 하지만 어느 정도 철이 들기 시작하고 더 이상 미묘한 감정 때문에 고통 받고 싶지 않았다. 그래서 어느 날 단단히 용기를 내 할머니께 여쭈었다.

"할머니, 나도 엄마와 함께한 그런 때가 있죠? 단지 사진만 없는 거지 나도 모두 다 해봤죠?"

내가 원하는 대답은 오직 하나였다. 엄마가 어디 계신지 알려달라는 것도 아니었고, 어딘가에 숨겨둔 게 분명하니 사진들 좀 찾아와 달라는 것도 아니었다. 단지 '그럼'이라는 긍정의 말 한마디였다. 그것만으로도 그동안 말없이 쌓아온 내 열등감을 말끔히 씻어낼 수 있을 것 같았다. 눈에 보이지 않을 뿐 내 기억 어딘가에 그 행복하고 당연한 추억들이 새겨져 있기를 너무도 간절하게 바랐던 것이다. 하지만 돌아온 대답은 냉정했다.

"아니. 흔적도, 아무런 기억도 없다. 그런 거 다 쓸데없다. 엉뚱한 데 신경 쓰지 말아라."

요즘은 유행처럼 퍼져나가는 게 이혼이라지만, 내가 초등학생일 때만 해도 한 부모 가정에서 자라는 아이들은 멀리해야 하는 대상이었다. 그렇다 보니 엄마나 아빠가 없는 아이라는 것은 남들에게 말 못할 혼자만의 고민이 되고 말았다. 더군다나 엄마에 대한 기억이 전혀 없었던 터라 그 누구에게도 내가 엄마 없는 자식이라는 걸 말하고 싶지 않았다.

하지만 내가 말하지 않는다고 해서 모두가 모르게 할 순 없었다. 학부모들끼리 학교에 모여 회의 같은 것을 하다보면 자연스레 자기 자식이 아닌 남의 자식 이야기가 나오게 마련이었다. 그 자리에 우리 아빠는 계시지도 않았지만 내 얘기도 자연스레 나왔던가 보다.

"그 아이는 부모님이 이혼을 해서 아빠, 할머니랑 같이 살고 있대요."

"어린것이 안됐네요."

부모들이 알게 되자 친구들이 알게 되는 건 시간문제였다. 하지만 그 아이들은 내게 한 번도 '나는 네가 엄마 없는 아이란 걸 알아' 라는 둥의 말을 하지 않았다. 그래서 나는 내 연기가 아주 잘 통하는 줄 알았다.

그런데 언제부턴가 친구들이 나를 자꾸 멀리 대하는 듯한 느낌이 들었다. 왜 예전처럼 즐겁게 나와 어울려 놀지 않는지 알 수 없었다. 영문을 모르는 나는 혹 내가 잘못한 게 있으면 고쳐야겠다 싶어 물어보았다. 그런데 친구에게서 돌아온 대답은 전혀 뜻밖이었다. 그 친구가 했던 말, 그 음성이 아직도 내 귓가에 쟁쟁하게 살아서 울리는 듯하다.

"우리 엄마가 엄마 없는 애랑은 놀지 말래."

그 말을 듣는 순간, 내 마음속 깊은 곳에서 유리창이 깨지는 듯한 날카로운 소리가 들려왔다. 지금도 그 깨진 유리 조각 같은 날카로운 기억을 회상하면 가슴이 너무 아프다. 하지만 그보다 더 아팠던 것은 자연스럽게 그 아이의 말을 수긍해 버린 내 자신이었다.

'엄마 없는 아이' 라는 말을 듣고도 나는 아무런 대꾸를 하지 못했다. 숨기고 싶은 내 현실이 들통나는 순간 나는 꼼짝

없이 인정해버렸던 것이다. 그 상황에서 화를 낸다 한들 무엇이 달라질까 싶었다. 화를 낸다고 해서 없던 엄마가 나타나는 것도 아니요, 엄마 없는 아이와 놀지 말라던 친구 엄마의 마음이 바뀔 것도 아니었다. 그냥 그렇게 인정하는 수밖에 별 도리가 없었다.

하지만 그것을 되돌리거나 바꿀 수 없다는 걸 안다 하여도, 언제나 받아들이는 과정은 힘들었다. 돌아서 집으로 오는 내내 정신이 멍하더니 대문을 들어서자마자 주르륵 눈물이 흘렀다. 그 아이 앞에선 아무렇지 않은 척했지만 내 마음은 점점 더 무너져 내리고 있었던 것이다. 그렇게 집에 돌아왔는데, '엄마'가 아닌 '할머니'가 환하게 웃으며 반겨주셨다. 그 웃음 때문에, 그 웃음 때문에 가슴이 우르르 무너져 내리고 말았다.

펑펑 울었다. 할머니 품에 안겨 밑도 끝도 없이 "왜 나만 없어. 왜 나만 엄마가 없어요!" 하며 목 놓아 울었다. 아마 할머니도 그땐 많이 놀라셨을 것이다. 평소 엄마 얘기를 하는 일 없던 내가 엄마를 찾으며 통곡을 하니 할머니 마음이 얼마나 아프셨을까 싶다. 하지만 할머니는 끝까지 나를 강하게 훈련시키셨다. 느닷없는 상황이었음에도 할머니는 마치 미리 준비라도 해두었던 듯 말씀하셨다.

"넌 엄마가 없기 때문에 남들보다 더 슬프게 울 수 있잖니. 쓰러져서 다시 일어서기 위해서는 바닥을 짚어야 해. 그런데 너는 가장 큰 슬픔을 알고 더불어 슬픔의 밑바닥을 이미 경험했으니 힘들어 넘어진다 해도 언제나 남들보다 더 빨리 일어설 수 있잖니. 결국 넌 엄마를 잃었지만 덕분에 혼자서 아픔을 치료할 수 있는 능력을 가진 거란다."

처음 그 말씀을 들었을 때는 할머니가 한없이 냉정하게만 느껴졌다. 하지만 울면서 생각했다. 머릿속으로 몇 번을 되뇌며 생각하고 또 생각했다. 그러자 차츰 가슴 깊이 뿌리박힌 고통이 조금씩 아무는 듯한 느낌이 들었다.

그때 나는 너무나도 어렸기 때문에 가슴 가득 들어찬 고통을 어떻게 치료해야 하는지 몰랐다. 하지만 지금 생각해보면 혼자 열등감에 휩싸이고, 남들과 비교하며 나를 내리깎는 과정에서 지금의 겸손을 배웠고, 누구보다 강한 인내심을 갖게 된 듯싶다.

엄마.

나는 아직도 모른다. 왜 내게 엄마가 없는지, 엄마가 왜 나를 떠나갔는지. 하지만 이것만은 안다. 내게도 분명 나를 낳

아준 엄마가 있다는 것과 그분이 나를 키우고 먹이지는 않았지만, 그분은 내게 둘도 없는 생명을 주셨다.

초등학생의 나도, 다 커버린 고등학생의 나도 아직 '엄마가 없다'라는 꼬리표를 스스로 없앨 수가 없다. 그건 아빠가 해결할 몫이지, 내 몫이 아니다. 하지만 오늘의 나는 더 이상 욕심을 부리지 않을 것이다. 남들이 다 가지고 있는 것 하나 못 가졌다면, 나 스스로 새로운 것을 만들어 채우면 되는 것이다. 그리고 그것을 찾기 위해 나는 멈춰 서지 말고 열심히 앞으로 나아가야 한다. 내 삶을 에워싼 깊은 고통을 치유하기 위해서라도 내일도, 모레도 나는 어깨를 펴고 살아 숨 쉬어야만 한다.

__김혜연(기명 · 여 · 17세 · 부산시)

국립중앙도서관 출판시도서목록(CIP)

그래도 계속 갈 수 있는 건 … 때문이다 / 김정희 외 지음. -- 고양
: 위즈덤하우스, 2009
    p. ;   cm

ISBN 978-89-92378-23-9 03810 : ₩9800

818-KDC4
895.785-DDC21   CIP2009003329

그래도 계속 갈 수 있는 건 … 때문이다

초판1쇄 인쇄 2009년 10월 29일   초판1쇄 발행 2009년 11월 11일

지은이 김정희 외   **펴낸이** 신민식

출판 6분사장_편집장 최연순
편집_박지숙
제작팀_이재승 송현주

펴낸곳 (주)위즈덤하우스   **출판등록** 2000년 5월 23일 제13-1071호
주소 경기도 고양시 일산동구 장항동 846번지 센트럴프라자 6층
전화 031-936-4000   **팩스** 031-903-3895
전자우편 wisdom6@wisdomhouse.co.kr   **홈페이지** www.wisdomhouse.co.kr
종이 화인페이퍼 | **인쇄** (주)현문인쇄 | **제본** 신안제책

값 9,800원   ISBN 978-89-92378-23-9 03810